tatort

A gmahde Wiesn

Dieses Buch ist ein Roman. Handlungen und Personen sind frei erfunden. Ähnlichkeiten mit lebenden oder toten Personen sind rein zufällig.

tatort

A gmahde Wiesn

von Martin Schüller nach einem Drehbuch von Friedrich Ani

emons:

Mix
Produktgruppe aus vorbildlich bewirtschafteten Wäldern und anderen kontrollierten Herkünften
www.fsc.org Zert.-Nr. GFA-COC-001223
© 1996 Forest Stewardship Council
FSC

Agentur: WDR mediagroup licensing GmbH
Begleitbuch zur gleichnamigen ARD-Serie »Tatort«
ARD-Tatort-Koordinator: Prof. Gebhard Henke, Leiter des WDR-Programmbereiches Fernsehfilm, Kino und Serie
Tatort-Drehbuchautor: Friedrich Ani
Umschlagfoto: Laurent Trümper
Umschlaggestaltung: Weusthoff-Noël, Hamburg (www.wnkd.de)
Druck und Bindung: CPI – Clausen & Bosse, Leck
Printed in Germany 2009
ISBN 978-3-89705-664-0

Wir bedanken uns bei der Redaktion des Bayerischen Rundfunks für die freundliche Unterstützung.

Die Titelabbildung zeigt Miroslav Nemec als Hauptkommissar Ivo Batic und Udo Wachtveitl als Hauptkommissar Franz Leitmayr

»A gmahde Wiesn« – bayerisch:
eine gemähte Wiese, umgangsprachlich für:
ein Vorhaben, das nicht schiefgehen kann.

Wiesn: Oktoberfest, das größte Volksfest
der Welt in München.

PROLOG

Der August ging seinem Ende entgegen. Dunkle Wolken ballten sich über der Theresienwiese und drohten mit einem Spätsommergewitter, das sich gewaschen haben würde. Es war drückend schwül, obwohl es nicht wirklich warm war.

Vor der Front des Augustiner-Zeltes stand ein riesiges Gerüst. Hier waren noch ein paar Männer mit Anstricharbeiten beschäftigt. Verkaufs- und Fressbuden standen versteckt hinter Aberdutzenden Containern, die wie übergroße Bauklötze überall auf dem Festplatz verstreut waren. Vor einem der kleineren Zelte, dem Bucksbräu, saß Lupus von der Krummen Weide. Er blickte mit jenem überlegenen Gleichmut über die unfertige Wiesn, der nur den nobleren Vertretern seiner Art eigen ist – trotz ihrer natürlichermaßen so tief liegenden Perspektive.

Seine dunkelrote Lederleine war an einem Abfalleimer befestigt, dessen Deckel eine riesige Plastikbratwurst bildete. Die Aufgabe des Kurzhaardackels war es, ein dunkelblaues Herrenrad zu bewachen, das neben dem Mülleimer an der Wand des Zeltes lehnte; das hatte der Dackel zumindest beschlossen, denn er hasste Tatenlosigkeit, und irgendetwas gab es für ihn immer zu tun. Die riesige Fläche der Theresienwiese aber war völlig menschenleer und öde, sodass ihn die Aufgabe momentan nicht übermäßig forderte. Seine feinen Ohren hörten die drei Stimmen, die durch die dünne Holzwand drangen, an der das Fahrrad lehnte. Er erkannte die Stimme seines Herrchens darunter, und er meinte sogar das glucksende Geräusch zu hören, mit denen die Menschen aus diesen riesenhaften Gläsern zu trinken pflegen. Entspannt kratzte er sich mit dem Hinterlauf am Hals.

Im Innern des Zeltes stellte Oberbürgermeister Zehner mit einem zufriedenen Seufzer seinen Maßkrug ab und wischte sich mit dem Handrücken über den Mund. Er war der Besitzer des Fahrrades, das er weder aus Sportlichkeit noch aus Überzeugung fuhr, sondern weil sein Wahlkampfberater es für eine gute Idee hielt. Er saß am Kopfende eines kleinen Tisches, der als bisher einziger recht verloren neben der Schwemme des Zeltes stand, und tauschte einen verständnisvollen Blick mit August Eckl, dem Herrchen des Dackels, der links neben ihm saß. Den Blicken der Frau zu seiner Rechten dagegen fehlte alles Verständnisvolle. Ihr Ton war scharf.

»Der Hubert und du, ihr habts es versprochen, Gustl!«, sagte sie zu dem Dackelbesitzer. »Versuch nicht, dich rauszureden.«

Stadtrat August Eckl griff nach seinem Bierkrug, bevor er antwortete.

»Mir sand a Ausschuss, mir sand mehrere«, sagte er.

Er trug einen hellbraunen Trachtenjanker aus Wildleder über dem karierten Hemd. Seine Miene war von einer fast gelangweilten Unerschütterlichkeit. Er trank und setzte den Krug dann sorgfältig neben dem Aktenordner ab, der aufgeklappt vor ihm auf dem Tisch lag.

»Und wie viele von denen haben das Sagen?«, fragte die Frau wütend. Johanna Buck war die Wirtin des Zeltes, in dem sie saßen. Sie war Anfang fünfzig, eine kräftige, energische Frau von gepflegtem Äußeren. Ihre kastanienbraunen Locken waren mit einem halben Dutzend Klammern sorgsam gebändigt, zu ihrem eleganten Dirndl mit rechteckigem Dekolleté trug sie eine teure Silberkette.

»Was sind mer dann hier, wenn nix weitergeht? Zum Rumsitzen hab ich keine Zeit«, fuhr sie fort.

Sebastian Zehner senkte mit einem Lächeln den Kopf. Er wusste, dass diese Geste so überheblich wirkte, wie sie gemeint war. Er wusste auch, dass er Johanna Buck damit noch weiter auf die Palme bringen würde, und genau deshalb hatte er dieses Lächeln aufgesetzt. Er ließ es einen Moment wirken und strich das dezent gemusterte Seidenhalstuch glatt, das er unter dem Tweedjackett trug.

»Wir sitzen hier, weil wir vier Wochen vor dem Anstich ein ernstes Problem haben«, sagte er dann, und das Lächeln verblasste. »Vor allem *Sie* haben ein ernstes Problem mit der Öffentlichkeit. Für private Fehden haben wir da koa Zeit.«

Johanna Buck beugte sich vor. Um ihre Augen bildeten sich kleine Kränze wütender Fältchen.

»*Wie* bitte?«, zischte sie. »Private Fehden? Es geht hier um ungefähr zweihunderttausend Euro, die ich verdiene oder nicht. Was wir tun müssen, das kann ich Ihnen schon sagen.«

Der Oberbürgermeister fiel ihr ins Wort. »Im Rathaus geht die Polizei ein und aus«, sagte er betont. »Und wie ich höre, bei Ihnen auch, Frau Buck.«

Johanna Buck wandte mit zusammengekniffenen Lippen den Blick ab. Es blieb ihr nicht viel zu sagen, Zehner hatte recht, das wusste sie.

Und Zehner wusste das auch. Er wandte sich an Eckl.

»Gustl, ich erwarte, dass der Ausschuss klare Aussagen macht, damit endlich die letzten Lizenzfragen geklärt werden können. So lang wie heuer hat der Entscheidungsprozess noch nie gedauert. Schlimm genug, alles andere.« Er erhob sich und schenkte Johanna Buck ein süffisantes Lächeln. »Ach ja, gnädige Frau, und zum Rumsitzen hab ich *auch* keine Zeit. Habe die Ehre.« Er ging zur Tür, seinen Maßkrug halb voll zurücklassend. »Gut Nacht beinand«, sagte er noch, bevor er hinaustrat.

»Gut Nacht«, antwortete Eckl, und auch Johanna Buck rang sich ein »Gut Nacht, Herr Bürgermeister« ab.

Zehner ging mit energischem Politikerschritt auf sein Fahrrad zu, was den Dackel veranlasste, ebenso energisch seine Arbeit als Wachhund aufzunehmen. Er kläffte den Mann wütend an; der Versuch, auf dessen Hosenaufschläge loszugehen, wurde allerdings von der roten Leine so abrupt wie endgültig gestoppt.

Zehner würdigte den Dackel keines Blickes. Er stieg auf und radelte in die zunehmende Dunkelheit, während der kleine Hund ihm hinterherstarrte, zufrieden, ihn wenigstens in die Flucht geschlagen zu haben.

August Eckl trank geräuschvoll aus und stellte den Krug ab.

»Du schaufelst doch eh genug rein«, sagte er und klappte seinen Aktenordner zu.

Johanna Buck verzog den Mund. »Jetzt fühlst dich stark, hm«, sagte sie kalt. »Und ihm«, sie machte eine verächtliche Kopfbewegung in Richtung Tür, »ihm ist eh alles recht …«

Eckl zuckte die Schultern und öffnete seine Aktentasche. »Mei, Johanna, des ist wie bei deinem Zelt: Wenn's voll ist, kommst nimmer rein.« Er packte den Ordner in die Aktentasche und klappte sie entschlossen zu. »Das geht schon aus Sicherheitsgründen nicht.«

Johanna Buck nickte nur leicht. Verachtung troff aus ihrem Blick, aber an Eckl perlte sie einfach ab. In eisigem Schweigen blieb Johanna Buck sitzen, bis auch Eckl wortlos das Zelt verlassen hatte.

***

Das Gewitter hatte sich in Richtung Alpen verzogen, bevor es sich austoben konnte, und schickte nur ein gelegentliches Wetterleuchten in die Stadt. Ivo Batic legte betont beiläufig die linke Hand auf Evelyns Hüfte, während sie an den voll besetzten Tischen der Cafés vorbeischlenderten. Evelyn hatte merklich keine Einwände gegen seine Berührung. Sie suchte vielmehr seine Nähe, drängte sich im Gehen an ihn. Er atmete glücklich den Duft des Parfüms ein, das sie aufgelegt hatte. Seine Hand wanderte aufwärts, tastete sich über den Ärmel der leichten Sommerbluse auf ihre Schulter, berührte dort ihre Haut, die nur von Spaghettiträgern bedeckt wurde.

Wie den ganzen Abend schon funkte ein paarmal ein Gedanke durch sein Gehirn, eine Art Warnlicht oder Fehlermeldung, aber er ignorierte es genauso wie das Flackern der fernen Blitze. Er war so weit gekommen, jetzt würde er seinen Plan auch umsetzen.

»Ich hab eine Überraschung für dich«, sagte er und drückte ihr einen sanften Kuss auf die Wange.

»Aha …« Sie lächelte in sich hinein.

Mit der Nase wühlte er ein wenig in ihren blonden

Haaren und dirigierte sie sanft unter den Bäumen vor der Kirche her in die Richtung, in die er schon die ganze Zeit steuerte, wenn auch auf Umwegen, damit es nicht allzu offensichtlich war.

Als sie unter dem beleuchteten Schild des kleinen Hotels stehen blieben, nickte Evelyn verstehend.

»Hotel Lara«, las sie. »Bist ja ganz schön schnell, Ivo.« Zwar zierte sie sich mit einem scheuen Lachen, aber sie erwiderte doch seinen Kuss.

»Ich bin nicht schnell, ich bin nur romantisch«, erwiderte Ivo, und er musste sie wirklich nur ein ganz klein wenig in Richtung der Tür ziehen, hinter deren Glas einladendes goldenes Licht schimmerte.

Der Portier war die Diskretion in Person und reichte Ivo mit einer stummen Verbeugung den Zimmerschlüssel. Ivo dankte und führte Evelyn die Treppe hinauf. Sie strich bewundernd über die Seidentapete.

»Hier hat sich schon Rainer Maria Rilke mit seiner Lou getroffen«, sagte Ivo mit feinem Lächeln. »Da hat er noch René geheißen.«

»Lässt dich hinterher auch umtaufen?«, fragte Evelyn.

»Er hat sich gar nicht umtaufen lassen. Weißt du das gar nicht?«

Es war nie ein Fehler, sich vor einem solchen Abend ein wenig schlauzumachen über die Vorlieben der »Zielperson«. Ivo steckte den Schlüssel in das schwere, altmodische Schloss der Zimmertür, das aussah, als habe Rilke selbst es schon aufgeschlossen, und ließ sie ein.

Das Trinkgeld, das er dem Portier am Mittag gegeben hatte, war gut angelegt gewesen. Das Zimmer war nicht sehr groß, aber wunderschön. Zwei elegante Wandlampen aus Messing brannten bereits, als sie eintraten, und verbreiteten ein angenehm gedämpftes Licht. Ein üppiger orientalischer Teppich bedeckte die alten Dielen, ein großes, altmodisches Bett stand diagonal im Raum, und draußen waren gerade rechtzeitig die letzten Wolken weggezogen, sodass die Strahlen des Vollmondes den Rosenstrauß auf der schlanken Blumensäule beleuchteten und ihn in einem wunderbar unwirklichen, hellen Purpur leuchten ließen.

Evelyn ging langsam auf den Strauß zu, griff nach der Karte, die darin steckte, und las sie.

Ivo versuchte ihr Lächeln zu deuten, er war sich nicht sicher, ob Spott darin lag oder Abwehr. Aber eines war ohne Zweifel: Sie waren hier, zu zweit, in diesem Zimmer.

Vielleicht sollte ich es auch mal mit Gedichten versuchen, dachte er.

Evelyn beugte sich zu dem Strauß, roch daran, dann drehte sie sich langsam zu ihm um.

»Du bist ja a richtiger Romantiker …«, sagte sie und trat nah an ihn heran. »Und ein Stratege …«

Er verschloss ihre Lippen mit einem Kuss, den sie zärtlich und verlangend erwiderte. Seine Beine zitterten leicht, und erst nach einem fast endlosen Moment löste er seine Umarmung und tastete nach dem porzellanenen Lichtschalter. Als er ihn endlich gefunden hatte, drehte er das Licht aus und befasste sich umgehend mit der keinesfalls weniger anspruchsvollen Aufgabe, die Knöpfe ihrer Bluse zu öffnen – zielstrebig, aber ohne dabei hastig zu wirken.

Sie standen aneinandergeschmiegt vor dem Bett und küssten sich, als hätten sie noch nie geküsst. Sie streifte ihm Jacke und Hemd vom Körper, ihre Finger fuhren tastend unter sein T-Shirt. Er zog ihr die Bluse aus. Sie trug einen schwarzen Spitzen-BH, den er ihr am liebsten einfach vom Körper gerissen hätte.

Umschlungen sanken sie auf die kühlen Laken des breiten Bettes. Seine Hände tasteten sich behutsam und fordernd zugleich über ihren nackten Rücken, während ihre Rechte sich in den Stoff seines T-Shirts krallte. Sie umfing ihn mit einem Bein, presste ihren Körper an seinen.

Sein Atem ging heftig.

So heftig, dass er nicht gleich verstand, was vor sich ging, als plötzlich die Tür des Zimmers aufflog und ein Schuss fiel. Die Kugel pfiff an seinem linken Ohr vorbei und schlug in die Wand hinter dem Bett ein. Ivos professionelle Instinkte aktivierten sich innerhalb von Sekundenbruchteilen. Er warf sich über Evelyn und versuchte zugleich den Angreifer zu erkennen, doch in der Dunkelheit des Zimmers und gegen das Licht, das aus dem Hotelflur durch die offene Tür fiel, erkannte er nur eine Silhouette.

Und das auch nur, bis der zweite Schuss fiel.

Am Tag zuvor

DONNERSTAG

Franz Leitmayr steuerte den dunkelblauen BMW auf der Prinzregentenstraße nach Osten. Ivo Batic saß schweigend auf dem Beifahrersitz. Der Funk lief leise, alle paar Sekunden quäkte die Stimme eines Kollegen aus den Lautsprechern, aber es war nur Untermalung, sie hörten kaum hin. Als Franz rechts in die Truderinger Straße abbog, sah Ivo kurz hoch. Er wäre weiter geradeaus über die A 94 gefahren, aber er schwieg weiter.

Franz bemerkte seinen Seitenblick. Er wusste, was Ivo sagen wollte, also brauchte der es nicht zu sagen, und Franz hätte sowieso nicht auf ihn gehört, weil es über die Autobahn viel weiter und auch nicht unbedingt schneller war, und so war auch eine Antwort nicht nötig.

Solange sie zu zweit waren, war es eine wirkliche Entspannung, unnötige Dialoge einfach nicht zu führen.

Sie unterquerten die Eisenbahnlinie und fuhren weiter über die Truderinger Straße. Allmählich wurde die Straße schmaler und ruhiger. Franz bog ab, und bald rollten sie an gediegenen Einfamilienhäusern entlang. Die am Straßenrand geparkten Wagen zwangen sie immer wieder zum Warten auf den Gegenverkehr, aber auch der wurde weniger. Schließlich sahen sie das Blaulicht eines Streifenwagens, der vor einem Haus stand, unmittelbar neben einem Rettungswagen.

Franz hielt vor der mit Flatterband abgesperrten Einfahrt, in der ein silberner Ford-Kombi mit offener

Heckklappe stand. Auch auf seinem Dach drehte sich sinnlos ein Magnetblaulicht, während ein Kollege im weißen Overall der Spurensicherung einen Alukoffer aus dem Kofferraum wuchtete.

Sie stiegen aus. Der Himmel hing grau und niedrig über Trudering, und die Luft war unangenehm schwül.

Zwei Uniformierte standen an der Einfahrt und waren damit beschäftigt, geschätzte fünfzehn Neugierige vom Betreten des Grundstückes abzuhalten. Einer der beiden entdeckte die Kommissare und wies mit dem Walkie-Talkie in der Hand auf die offene Haustür.

»Die Leich ist hinten durch«, sagte er, während sie das Flatterband anhoben und sich darunter durchschoben. »Der Kollege is scho da.«

Sie nickten nur zur Antwort und gingen ins Haus. Der Kollege sah ihnen beleidigt nach.

»Wohl was Besseres, die Herrschaften von der Kripo«, murmelte er.

Es war ein recht beeindruckendes Gebäude, honiggelb, zweistöckig, eher schon eine kleine Villa als ein Einfamilienhaus. Nicht alt, fast neu sogar, aber mit Anmutungen von Gründerzeitstil. Das vermutete Franz zumindest, ganz klar war nicht, welcher Stil hier kopiert werden sollte. Sie gingen durch die Diele in das große Wohnzimmer. Es war rustikal, aber nicht sehr gemütlich eingerichtet. An der Wand hing eine düstere Jagdszene in Öl in einem kitschigen vergoldeten Barockrahmen.

Sie tauschten einen Blick, Franz zuckte die Achseln. Kunst war das keine, offenbar nicht mal für Ivo.

Im Raum befand sich momentan nur ein Kollege von der Spurensicherung, der den Rahmen der zweiflügeligen gläsernen Außentür auf Fingerabdrücke untersuchte.

Der Garten war dem Gebäude angemessen groß und wurde zu einem nicht unerheblichen Teil von einem Teich eingenommen, dessen hintere Begrenzung an ein massives Garten- oder Gästehaus stieß. Das Gästehaus hatte zum Teich hin Türen mit großen Sprossenfenstern. Franz erinnerte sich gut, schon in unangenehmeren Behausungen einen ersten Wohnsitz gehabt zu haben. Und dies war nur das Gartenhaus.

Was nicht passte, war der Rasen, der dringend mal gemäht werden musste.

Carlo Menzinger sah ihnen auf seine unverwechselbare Art entgegen, mit dieser Mischung aus Ungeduld und gnädigem Mitleid.

»Aahh, servus«, sagte er in großzügigem Ton. »Das ist ja schön, dass ihr a schon da seids!«

Am Wasser lag die Leiche eines nicht mehr jungen Mannes. Zwei Kollegen von der Spurensicherung knieten daneben. Der Mann trug eine Cordhose und ein weißes Hemd, und aus beidem troff Wasser.

Carlo drehte sich halb um und wies auf eine zierliche Frau Anfang dreißig, die am Ufer des Teiches stand und ihre billig wirkende Handtasche umklammerte. Sie trug eine hellblaue Jeansjacke und flache Schuhe und tastete immer wieder fahrig durch ihre dunklen Haare.

»Das ist die Frau Aljescu, Diana Aljescu«, sagte Carlo.

»Tag«, sagte Frau Aljescu schüchtern.

Leitmayr und Batic nickten ihr freundlich zu. Sie senkte den Blick.

»Sie putzt hier jeden Donnerstag«, fuhr Carlo fort. »Sie hat die Leiche gfunden. Das heißt, sie hat sie als Erste entdeckt, dahinten, im Teich. Weil sie nicht nur putzt, sondern auch Rasen mäht.«

Frau Aljescu sah sie an. Sie war blass. »Entschuldigung, darf ich bitte gehen? Mir ist nicht gut«, sagte sie mit einem kleinen, aber unverkennbar osteuropäischen Zungenschlag.

»Ja sicher, klar«, antwortete Carlo, bevor ihm doch noch einfiel, sich der Zustimmung seiner Kollegen zu versichern.

»Oder?«, fragte er die beiden, wobei er die Stirn in seine unvergleichlichen Dackelfalten legte.

Franz nickte, während Ivo in einer großzügigen Geste beide Arme hob.

»Danke«, sagte Frau Aljescu und ging ins Haus. Franz warf ihr noch einen Blick hinterher.

Die Spurensicherer hatten die Arbeit beendet und ihre Gerätschaften eingepackt. Carlo erwiderte das »Servus«, mit dem sie sich verabschiedeten. Leitmayr und Batic nickten nur.

»Also ...« Carlo klappte seinen Notizblock auf und trug vor. »Der Mann heißt Hubert Serner, ist achtundfünfzig Jahre alt, Jurist und Stadtrat.«

Franz sah sich den Toten aufmerksam an. Das Gesicht zeigte starke Schwellungen und Verfärbungen, an den Nasenlöchern klebte verkrustetes Blut. Unterhalb der rechten Schulter war das Hemd blutdurchtränkt.

»Bevor er ertrunken ist, hat jemand auf ihn geschossen«, dozierte Carlo. »Und zwar von vorn. Die Kugel ist hinten wieder ausgetreten. Außerdem ist er verprügelt worden, daher die Schwellungen im Gsicht.«

Weder Franz noch Ivo hatten Zweifel an der Richtigkeit dieser Expertise. So wie die Leiche aussah, hätten sie das auch ohne Spurensicherung herausgefunden. Vielleicht sogar ohne Carlo, dachte Franz.

»Also … erst verprügelt, dann geschossen, dann Teich«, sagte Carlo, als rede er mit geistig Minderbemittelten.

Beide nickten freundlich zustimmend, aber jetzt platzte Carlo doch der Kragen. Er trat näher an sie heran.

»Jetzt passts amal auf: I hab des schon kapiert mit euerm Anti-Sprech-Programm. Des is so a Art Widerstand gegen das Gelaber überall. Oder vielleicht auch gegen die Leut, denen das Handy bereits am Ohr festgewachsen ist, so wie mir.«

Die beiden grinsten ihn amüsiert an. Carlo hatte es auf den Punkt gebracht. Aber Franz war nicht sicher, ob ihm das klar war.

»Ich versteh des auch«, fuhr Carlo unbeirrt in seiner Tirade fort. »Aber des Schweigen, des bringt euch gar nix, des is doch dene Leut total wurscht.«

Beide hoben fragend die Augenbrauen.

»Die hören euch ja gar net zu, wenn ihr nix sagts«, beendete Carlo den Vortrag.

Das wiederum war als Argument schwer zu entkräften, Ivo spitzte die Lippen, gab Carlo einen anerkennenden Klaps auf die Schulter. Mit einer Geste überließ er die weitere Argumentation dem Kollegen Leitmayr und ging hinüber zum Gartenhaus.

»Carlo«, sagte Franz, »des ist so eine Art Diät, was wir da versuchen, der Ivo und ich. Weißt du, eine … eine *Verbalreinigung*. Du wirst einfach klarer im Kopf, wenn du nicht so viel laberst. Und du fühlst dich besser. Kriegst einen schärferen Blick. Musst mal ausprobieren.«

»Na, da hab i koa Zeit dafür.« Carlo klappte seinen Block wieder auf. Für ihn war das Thema beendet. Konnte ihm ja egal sein, ob die Herren redeten oder nicht. So quatschte ihm wenigstens keiner dazwischen. »Also die Tatwaffe haben wir noch nicht gfunden«, las er vor. »Aber der Arzt sagt, die Todeszeit wär ungefähr vor zehn Stunden.«

Ivo stand auf dem schmalen, hölzernen Vorbau, der das Gartenhaus vom Teich trennte, beschirmte mit der Hand seinen Blick und sah durch die Fenster hinein.

»Zehn Stunden, Ivo!«, rief Franz ihm zu.

Der nahm es zur Kenntnis. Die Einrichtung des Gartenhauses sah so spießig und ordentlich aus, dass er durch die geschlossenen Fenster den Geruch von Möbelpolitur und Filterkaffee wahrzunehmen glaubte. Die Tischdecke auf dem Fliesentisch lag akkurat über Eck, und die Kissen auf dem Sofa hatten alle einen säuberlichen Knick in der Mitte.

Als er sich umdrehte, fiel sein Blick auf den Rasen, und nun hatte er tatsächlich eine Frage.

»Carlo, sag amal«, rief er hinüber. »Der Rasen ist ja gar nicht gemäht! Wieso ist denn diese Frau Dings ...«

»... Aljescu«, half Carlo aus.

»... Aljescu«, wiederholte Ivo.

»Die *wollt* heut mähen, aber dann hat's die Leiche gfunden, dann hat's natürlich *nimmer* gemäht. Ist ja klar.«

»Ist doch ganz schön, so a ... ungmahde Wiesn«, sagte Franz.

Eine höchst überflüssige Bemerkung, wie Carlo fand, besonders für jemanden auf Wortdiät.

»Ist der Herr Serner verheiratet?«, fragte Ivo.

»Ja«, antwortete Carlo. »Aber nicht nur ...«

***

»Elf Jahr warn mir beinand«, sagte Elisabeth Serner mit sanfter Altstimme. »Deswegen versteh ich seine Sorgen ja auch.«

Sie war eine elegante Frau von Mitte vierzig, schmal, mit dunkelblondem, locker fallendem Haar. Sie trug teuren, aber dezenten Schmuck; ihre gerade Haltung und ihre klare Stimme drückten Stolz aus. Ihr hellgrauer Hosenanzug kontrastierte so angenehm mit der dunklen Wand hinter ihr, dass Ivo der Gedanke kam, sie habe das Vernehmungszimmer bereits vorher gekannt und die Kleidung entsprechend ausgesucht.

Das war natürlich unwahrscheinlich. Carlo hatte sie in einer ziemlich noblen Wellnessoase aufgespürt und sie geradewegs aus dem türkischen Dampfbad holen lassen. Gemessen daran war sie ziemlich gnädig. Das überraschende Hinscheiden ihres Mannes schien ihr allerdings nicht wesentlich näherzugehen als die entgangene Entspannung.

»Er ist der Ausschussvorsitzende, da lastet a irrsinniger Druck auf eam. Der Ausschuss bestimmt, wer auf der Wiesn a Gschäft ham derf. Und Sie wissen ja, da geht's net um Peanuts«, sagte sie leichthin.

Ivo überlegte, wieso er ihr den Stolz nicht wirklich abnahm. Er kam zu dem Schluss, dass es ihre Hände waren, die sie beim Sprechen unablässig aneinander rieb. Und die feinen Falten, die von den Nasenflügeln im Bogen um den Mund führten und ihren Zügen eine leichte Bitterkeit verliehen.

»*Reden* haben wir eigentlich immer können …«, sagte sie mit einem sachten Lächeln, das allerdings sofort wieder erlosch. »Aber sonst …« Sie zuckte die Achseln.

Es lag eine undefinierbare Traurigkeit in ihren Zügen,

die auch das sorgfältige Make-up nicht vertreiben konnte. Traurig ist sie vielleicht, dachte Ivo, Serners Tod ist ihr nicht so egal, wie sie es gerne hätte. Aber das ist nicht ihr Wesen. Er vermutete eine unnachgiebige Härte in ihrem Innern.

»Er war halt immer schon recht … aushäusig«, endete Frau Serner. »Und spendabel auch.«

Ivo entließ sie mit einer höflichen Geste und begleitete sie hinaus. Draußen auf dem Gang kam ihm Franz entgegen in Begleitung einer energischen Dame mittleren Alters, die von Frau Serner nicht einmal ignoriert wurde, während sie an ihr vorbeirauschte. Die Dame nahm Frau Serner ebenfalls nicht zur Kenntnis.

Batic und Leitmayr tauschten einen Blick, und beide verzogen das Gesicht.

Franz wies seiner Begleitung den Weg in das Verhörzimmer.

»Nehmen Sie doch bitte schon mal Platz, Frau Mischnik«, sagte er und schloss die Tür hinter ihr.

»Wer ist das denn?«, fragte Ivo. »Serners Gspusi?«

»Ja«, antwortete Franz. »Aber es gibt noch eine. Mindestens. Seit die Sache im Radio kam, klingelt ständig das Telefon. Carlo weiß schon nicht mehr, wo ihm der Kopf steht. Der Serner muss eine ziemliche Kondition gehabt haben für sein Alter.«

Er folgte Frau Mischnik ins Verhörzimmer.

»Des kriegen S' nicht unter fünftausend Euro«, sagte Frau Mischnik stolz und fuhr mit dem linken Daumen unter das breite goldene Armband an ihrem rechten Handgelenk. »Auch nicht er als Stadtrat.«

Der Zusatz ließ Leitmayrs Augenbrauen in die Höhe

schnellen. Frau Mischnik hielt es offensichtlich für bemerkenswert, dass ein Stadtrat etwas *nicht* günstiger bekommt.

Sie war eine Frau, die im Auftreten keinesfalls mit Elisabeth Serner konkurrieren konnte. Sie war kleiner, hatte eine lebhafte Mimik und eine etwas gedrungene Figur. Ihr dunkelbrauner Bubikopf war wenig vorteilhaft. Aber die Existenz des Armbandes wies darauf hin, dass sie möglicherweise über weniger offensichtliche Qualitäten verfügte, die der Verstorbene zu schätzen wusste.

Vielleicht kocht sie gut, dachte Franz.

»Er war halt ein Gentleman«, sagte Frau Mischnik mit einem tiefen Seufzer und zuckte schicksalsergeben die Schultern. »Und ich war *gern* mit ihm zusammen«, setzte sie mit trotzigem Augenaufschlag hinzu. Sie zögerte ein oder zwei Sekunden, bevor sie fortfuhr: »Auch wenn ich nicht die Einzige war. Ja.«

Sie bekräftigte diese skandalöse Tatsache mit einem kräftigen Nicken. Aber so richtig skandalös schien sie es gar nicht zu finden. Ihr Gesichtsausdruck zeigte, dass sie vielmehr mit Leitmayrs vollem Verständnis rechnete.

Und wohl auch mit seiner Diskretion.

»Schaun S', ich bin alleinstehend. Geschieden. Und bevor ich ganz allein bleib …« Sie streckte in einer bittenden Geste die Hände aus. »Der Hubsi …« Sie stockte. Offenbar hatte sie das Gefühl, damit doch zu weit gegangen zu sein. »Sie kennen seinen Spitznamen, gell?«, fragte sie mit flehendem Augenaufschlag.

Carlo brachte ihnen die nächste Dame ins Verhörzimmer, kaum dass Frau Mischnik gegangen war. In ihrem Rücken verdrehte er die Augen, während er eilig die Tür wieder schloss.

Sie stellte sich als Barbara Gerbera vor. Möglicherweise war sie in den frühen Achtzigern in der Schickeria wer gewesen, aber Ivo sagte der Name nichts. Vielmehr kam er ihm ziemlich erfunden vor.

»›Der schmissige Hubsi‹! Also, *so* eine Gemeinheit!« Frau Gerbera war sichtlich und hörbar empört, als sie mit den bisherigen Ermittlungsergebnissen konfrontiert wurde. »Ich habe das *nie* zu ihm gesagt.« Ihr rundes Gesicht unter den sorgfältig wild frisierten blonden Locken leuchtete rot vor Zorn. »Niemals hab ich das. Nicht so wie die Renée … Dingsda. Diese … diese Ranschmeißerin!«

Frau Gerbera verfügte über die Fähigkeit, heftig zu gestikulieren, ohne dabei die Ellbogen von der Tischplatte zu nehmen. Jeder Satz wurde von sorgfältig kontrollierten Bewegungen choreographisch unterstützt. Bei dem Wort »ich« zum Beispiel wiesen Zeige- und Mittelfinger der Rechten in einer runden Bewegung auf ihre ausladende Oberweite, die sie in einer feinen weißen Trachtenbluse und einem bestickten Janker präsentierte.

Sie brachte ihren Zorn auf die Ranschmeißerin wieder unter Kontrolle. »Aber die kriegt ihr Geschäft trotzdem nicht auf die Wiesn!«

Für den Moment war ihr Ausdruck abstoßend hämisch gewesen, aber auch diese Regung unterdrückte sie schnell wieder. Sanft und leise sprach sie weiter.

»Das hat er mir schon zugeflüstert«, sagte sie, und ihr linker Zeigefinger ging zärtlich in die Höhe. »Er ist ja ein *Flüsterer*, wissen Sie das?« Sie ließ einen tiefen Seufzer aus. »Also *war* … einer. Der Liebe.« Mit traurigem Lächeln schüttelte sie ihre Locken. Aber Frau Gerbera war offensichtlich niemand, der sich lange mit Emotionen aufhielt.

»Ja, jetzt kann er ja nimmer flüstern«, beendete sie den Exkurs in die Trauerarbeit. »Aber wissen Sie, *warum* die ihr Geschäft nicht auf die Wiesn kriegt?«, fragte sie mit überheblichem Ausdruck. »Wegen der mangelnden Schönheit!«

Die eigenartige Bewegung, die ihre Linke bei dem Wort »Schönheit« vollführte, irritierte Ivo mindestens so wie der Satz selbst.

Auweia, dachte er, und Frau Gerbera sah ihm das an.

»Ja, schauen S' nicht so! Das Geschäft muss eine Schönheit haben. Ja.« Zeige- und Mittelfinger ihrer Rechten zeigten nun senkrecht nach oben, als gedenke sie, den Segen zu erteilen. »Wenn Sie mich fragen würden, wer den Herrn Serner umgebracht hat, dann …« Sie ließ das Ende des Satzes offen.

»Sagen Sie es uns, Frau Gerber«, sagte Franz. Sein Lächeln wirkte gequält.

»Gerber*a*, bitte, ja?« Ihre sorgfältig manikürten Hände formten einen Blütenkelch. »Wie das Blümerl!«

»Puuh!« Franz zog die Tür des Vernehmungszimmers hinter sich zu.

»Der schmissige Hubsi. Ein Freund der Damen.« Ivo schüttelte den Kopf. Sie marschierten nebeneinander den Flur entlang.

»Und wer ist diese Renée … Dingsda?«, fragte Franz.

»Na, die Ranschmeißerin.«

Sie erreichten ihr Büro. Hinter der großen Scheibe, die den hinteren Teil des Raumes abteilte, saß Carlo an seinem Schreibtisch – umgeben von Luftschlangen und konfettigefüllten Ballons, den Überresten seiner Geburtstagsfeier. Vor ihm auf dem Tisch lag ein Gewirr chromglänzender Röhren, Schrauben und Kolben aus Messing, die nur Eingeweihte als das erkennen konnten, was sie waren: das Geburtstagsgeschenk der Abteilung an den Kollegen Menzinger.

Eine Espressomaschine.

Als Bausatz.

»Und? … Gibt's schon einen Kaffee?«, fragte Franz.

»Hä?« Carlo hob nur widerwillig den Blick von einem kleinem Heft, das er gerade mit gerunzelter Stirn studierte. Er sah sie irritiert an. »I hab gemoant, ihr seids scho weg. Glaubts ihr denn, der OB wart' nur auf euch? Der Mann is ausgebucht. I hab grad noch einen Termin für euch gekriegt.«

Franz sah kopfschüttelnd auf das Metallgewirr. »Carlo, jetzt tust du schon zwei Tag mit dem Ding umeinander. *Fehlt* denn irgendein Teil?«

Carlo winkte ab. »Woaß i net, des is alles italienisch, versteht kein Mensch.«

»*Espresso* heißt schnell«, sagte Franz und unterdrückte ein Grinsen.

»Nein«, ließ Ivo sich aus dem Hintergrund vernehmen. »*Prego* heißt schnell. Ein Espresso, aber ein bisschen *prego*, bitte …«

Carlo verzog das Gesicht und hielt die Klappe. Gott sei Dank war die Bedienungsanleitung nicht auf Kroatisch.

»Carlo, find doch bitte raus, wer von den Wiesnbewerbern Renée heißt«, fuhr Ivo fort. »Den Familiennamen wissen wir nicht.«

»Frauen- oder Männername?«, fragte Carlo.

»Ein Frauenname.«

»Und des ist jetzt wieder mehr französisch«, ergänzte Franz.

Carlo nickte ergeben, griff nach einer Aktenmappe und wedelte damit in ihre Richtung. »Also hier ist der erste Bericht von der Spurensicherung. A Einbruch war's keiner. Das Opfer hat den Täter ins Haus glassen. Der Schuss ist *im* Haus gefallen, und die Tatwaffe war, des hams mir am Telefon noch gsagt, eine Pistole Kaliber neun Millimeter.«

Ivo griff nach seiner Jacke. »*Pistola … nove millimetri*«, sagte er.

Diesmal war es Franz, der das Gesicht verzog. Auch er griff nach seiner Jacke.

»Gut«, sagte er zu Carlo. »Dann fängst am besten mit der Rekonstruktion der letzten Stunden von Serner an. Mir packens.«

»Servus«, sagte Carlo.

»Ciao«, antwortete Ivo.

***

Lupus von der Krummen Weide betrachtete die Welt so, wie er sie eben sah. Und wie so oft bestand seine Welt vorwiegend aus Beinen: Beine von Stühlen, Beine von Tischen, Beine von Menschen. Es roch nach Bier, Würsten, Rauch und Sommer. Er suchte den Schatten unter dem Tisch auf.

Gelangweilt kratzte er sich, gähnte und legte sich in den Kies. Neben die Beine seines Herrchens, das eben mit dem typisch glucksenden Geräusch sein sehr großes

Glas leer getrunken hatte und nun von einer Frau im Dirndl ein volles gebracht bekam.

Johanna Buck stellte August Eckl die Maß vor die Nase und beugte sich zu ihm hinunter. »Wer denn sonst außer dir soll nach dem Tod vom Hubert den Vorsitz übernehmen?«, zischte sie leise. »Ich brauch diesen Biergarten auf der Wiesn, das weißt du … und ich krieg ihn auch!«, setzte sie entschlossen hinzu.

Eckl trug das halbe müde-überlegene Lächeln, das ihn so unausstehlich machte für jeden, der auf ihn angewiesen war – und das waren nicht wenige.

»Du hast doch da schon an Biergarten«, sagte er ruhig. »Der steht in jedem Reiseführer. Ist familiär, 's Essen passt, und die Preise stimmen.« Er stieß ein kleines Lachen aus. »Ja moanst, i kenn dei Situation net?«

Johanna Buck runzelte die Stirn. »Moment amal …« Sie drehte sich um und griff sich einen freien Stuhl vom Nebentisch. Damit setzte sie sich zu Eckl und warf einen schnellen, prüfenden Blick ins Rund, bevor sie weitersprach: »Meinst du mei *finanzielle* Situation?«

Eckl zuckte leicht mit den Schultern. »Du woaßt, dass mir uns informieren. Das ist unsere Pflicht«, sagte er gelangweilt.

Johanna Buck rümpfte die Nase und sah beleidigt zur Seite. Eckl fuhr ungerührt fort: »Du bist Wiesn-Wirtin, Johanna! Du bist bei den Top Hundert eh schon ganz vorn dabei …«

Wieder sah Johanna sich schnell nach Lauschern an den Nebentischen um und versuchte Eckl mit einem gezischten »Sch« zu bremsen, aber der ließ sich nicht beeindrucken.

»Ich bitt di«, sagte er mit einem Kopfschütteln.

»Also der Hubert und du ... ihr ...« Johanna Buck suchte nach Worten. Innerlich schalt sie sich eine dumme Gans, dass sie sich von Eckl immer noch und immer wieder aufs Neue auf dem falschen Fuß erwischen ließ. »Das hab ich nicht gwusst, dass ihr euch sogar beim Finanzamt informierts«, presste sie zornig hervor und stand wieder auf. »Also das eine sag ich dir«, sie stieß voller unterdrückter Wut den Zeigefinger in Richtung ihres unverrückt jovial lächelnden Widersachers, »wenn der Neureuther mit seinen illegalen und unversteuerten Klofrauen den Platz kriegt und mein Biergarten auf der Wiesn deswegen nicht genehmigt wird, dann werde ich meine Kollegenehre vergessen.«

Beim Wort »Kollegenehre« bekam Eckls Ausdruck etwas Mitleidiges.

»Und jemanden informieren«, fuhr Johanna erregt fort, »nämlich die Polizei.«

Eckl schloss kurz die Augen. Langsam ging seine Geduld mit der Buck zu Ende.

»Also Johanna ...«, sagte er ruhig, aber Johanna Buck war nicht in der Stimmung, sich beruhigen zu lassen. Sie ließ ihn nicht zu Wort kommen.

»Und der Hubert war kurz davor, genau das Gleiche zu tun!« Wütend nahm sie ihren Stuhl, stellte ihn entschlossen zurück an den Nebentisch und griff nach ihrem Tablett. Dann rauschte sie hocherhobenen Kopfes davon.

Eckl seufzte und griff mit müdem Grinsen nach seinem Glas. »Unversteuerte Klofrauen«, murmelte er und nahm einen Schluck. »Mei.« Er sah zu seinem Hund, und sein Blick wurde zärtlich. »Wir können uns net um alles kümmern, gell, Lupus.«

Der Hund bellte, und August Eckl war dankbar für die Zustimmung.

Er nahm den nächsten Schluck von seinem Hellen und fühlte sich wohl.

Johanna Buck trug das Tablett mit den leeren Krügen durch den Biergarten. Die Tische unter den vielen Linden waren für die frühe Nachmittagsstunde gut besetzt.

Mit schnellem Blick schätzte sie den Bedarf an Getränken ab und quittierte eine Bitte um die Rechnung mit einem freundlichen »I komm gleich«. Keiner ihrer Gäste hätte ihr anmerken können, wie es in ihr brodelte.

Als sie auf das Gasthaus zuging, sah sie ihre Tochter oben am Fenster ihres Mansardenzimmers stehen. Sie ahnte, dass Evelyn nicht allein war, und sie ahnte auch, wer da in ihrem Zimmer war, und das verdüsterte ihre Laune um ein weiteres Maß. Sie trug das Tablett in die Schwemme und knallte es auf den Tresen.

Evelyn Buck hatte den Blick ihrer Mutter bemerkt, und im Gegensatz zu den Gästen kannte sie sie gut genug, um auch ihren versteckten Zorn zu spüren. Sie wandte sich vom Fenster ab und setzte sich an ihren kleinen Schreibtisch vor den leuchtenden Bildschirm ihres Laptops.

»Jetzt musst gehen, Timo. Die Mama ist mit der Besprechung fertig«, sagte sie leichthin, ohne den Mann anzusehen, der hinter ihr stand.

Timo Neureuther lehnte an der Wand neben einer Buddhastatue, in der Hand wog er spielerisch eine der schmalen Schachteln mit den extralangen Räucherstäbchen. Ein schlanker, muskulöser Mann von Anfang dreißig mit dichtem dunklem, fast schwarzem Haar – er hätte attraktiv sein können, wäre da nicht der bittere, vom Leben beleidigte Zug um seine Augen gewesen.

Evelyn wandte ihm unverändert den Rücken zu und beschäftigte sich mit dem Computer. Timos finsterer Blick zeigte, dass er ihr die Pappschachtel am liebsten um die Ohren gehauen hätte.

Er presste die Lippen zusammen und warf die Schachtel zurück zu all den anderen Reiseandenken aus Laos, Vietnam, Kambodscha und wer weiß woher noch, die Evelyn zu einem regelrechten Altar aufgebaut hatte, dessen Mittelpunkt die fast meterhohe Buddhastatue bildete.

»Du hast gesagt, du kriegst das hin.« Langsam ging er auf sie zu, aber noch immer starrte sie auf ihren Bildschirm, als sei er schon gegangen. Seine Kiefer mahlten. Eigentlich hätte sie seinen Blick als heißen Strahl im Nacken spüren müssen.

»Bis jetzt hast du gar nichts hingekriegt!«, sagte er scharf. »Und ich weiß auch, warum!«

»Aha! Und warum?« Sie nahm den Blick nicht von der Tourismussuchmaschine auf dem Laptop, die sie routiniert bediente.

»Weil deine Mutter ihre eigenen Pläne hat.« Timo zögerte kurz. »Und weil s' was mit dem Serner gehabt hat«, sagte er dann.

Jetzt endlich drehte sie sich zu ihm um, aber in ihrem Blick las er nur Verachtung.

»Du bist a Arschloch, Timo«, zischte sie. »Und dein Vater …«

»Was ist mit meinem Vater?«, bellte er wütend.

»Der is scho lang kein guter Wirt mehr«, schloss Evelyn kühl.

Sie wandte sich wieder ihrem Laptop zu, als verdiene Timo nicht, dass sie weiter mit ihm redete.

Timo starrte düster zum Fenster hinaus.

»Mein Vater ist kein schlechter Wirt«, sagte er. »Außerdem schmeiß *ich* den Laden meistens. Das weißt du ganz genau.«

Evelyn veränderte eine Einstellung in der Suchmaske und drückte die Entertaste. Auf dem Monitor baute sich eine lange Liste von Hotels auf.

»Wir haben die Wiesn verdient«, sagte Timo.

»Ja«, antwortete sie in genervtem Ton. »Soviel ich weiß, ist die letzte Entscheidung noch nicht gefallen.«

Timo sah sie überrascht an. »Hat dir das deine Mutter gesteckt, ja?«

»Na«, sagte Evelyn. »Ich hab mit'm Serner gesprochen.«

Sie drehte sich wieder zu ihm und erschrak ein wenig, als sie ihre Mutter mit verschränkten Armen im Rahmen der Zimmertür lehnen sah. Ihrem Gesicht war zu entnehmen, dass sie schon eine Weile zugehört hatte.

»Servus, Mama«, sagte Evelyn.

Johanna Buck tauschte mit Timo einen eisigen Blick. Sie machte die Tür frei, und ohne ein weiteres Wort verließ er Evelyns Zimmer.

»Wann warst'n du beim Hubert?«, fragte Johanna Buck ihre Tochter.

Evelyn zuckte die Achseln. »Öfters.«

»Aha.« Ihre Mutter sah sie nachdenklich an. »Du musst dem Papa beim Ausschank helfen«, sagte sie.

»Scho recht, ich komm gleich. Du …« Evelyn wies auf den Monitor. »Du, ich glaub, dies Jahr flieg ich mal nach Brasilien, und zwar erst nach Rio und dann auf a

Insel … und zwar …«, sie griff nach der Maus und klickte auf ein Foto, »wart amal … Fernando de Noronha. Muss der *Wahnsinn* sein. Da kann ich auch tauchen! Des buch ich jetzt gleich!«

Sie drehte sich mit einem strahlenden Lächeln wieder zur Tür, aber ihre Mutter war schon die Treppe hinuntergegangen.

***

»Natürlich«, sagte Oberbürgermeister Zehner. »Für unsere Bedienungen ist das Oktoberfest immer ein Anlass, sich hinterher was zu gönnen.«

Seine Stimme hallte dröhnend durch den Besprechungsraum. Batic und Leitmayr hockten nebeneinander auf den schweren antiken Stühlen, die um den massiven Eichentisch standen. Die harten und kalten Ledersitzflächen machten es unmöglich, entspannt darauf zu sitzen.

So was sollten wir ins Verhörzimmer stellen, dachte Ivo. Da würde entschieden schneller ausgepackt werden.

Alles an dem Raum wirkte unbequem und einschüchternd. Wahrscheinlich hatte man den Raum schon vor zweihundert Jahren extra sorgfältig für den Empfang unliebsamer Bittsteller eingerichtet.

Der OB saß am Kopfende des Tisches, den Rücken zur Fensterfront, die zum Marienplatz hinunterzeigte. Draußen brach gerade die Sonne ein kleines Loch in die trübe Wolkendecke des Augusttages, aus der es eben noch genieselt hatte, was ihren Fußmarsch über die Kaufingerstraße ziemlich unerfreulich gemacht hatte. Ivos Jacke war immer noch klamm und machte ihm das Sitzen noch unangenehmer.

Das entspannt-joviale Lächeln des Oberbürgermeisters legte die Vermutung nahe, dass er auf einem bequemeren Stuhl saß als seine Gäste.

»Die Damen und Herren gönnen sich etwas, und nicht nur, weil sie sich von den Anstrengungen erholen müssen«, fuhr er in seinem Vortrag fort, »sondern weil sie sich mit dem verdienten Geld auch was leisten können.«

Er machte eine kleine Geste, als wolle er sich für seine Weitschweifigkeit entschuldigen, aber es war klar, dass er das nicht wirklich ernst meinen konnte. Als sie mit leichter Verspätung erschienen waren, hatte Zehner einen vorwurfsvollen Blick auf seine Armbanduhr geworfen, aber nun schien er eine Menge Zeit zu haben.

Für einen »ausgebuchten« Mann hört Zehner sich wirklich sehr gerne reden, dachte Ivo und sah den OB freundlich an, obwohl ihm alles an den Mann unsympathisch war.

»Die einen machen weite Reisen, die anderen kaufen sich teure Kleider. Und manche arbeiten ein halbes Jahr nicht mehr. Sie können daran die Dimensionen erkennen, über die wir hier sprechen«, erklärte Zehner.

Ivo nickte heftig zustimmend. Franz zupfte am Aufschlag seines Sakkoärmels herum, als hoffte er, so zu kaschieren, dass er in Wahrheit nur auf seine Armbanduhr sah. Ivo erkannte an der steilen Falte auf der Stirn seines Kollegen, dass es dem genauso schwerfiel wie ihm, bei guter Laune zu bleiben.

»Die Dimensionen sind mir schon …«, sagte Franz und korrigierte sich, als Ivo ihn protestierend ansah, »also … sind uns *beiden* schon klar. Für einen Wirt, der von dem Ausschuss abgelehnt wird, schrumpfen die Dimensionen ja quasi auf Bierdeckelgröße.«

Zehner grinste vergnügt in sich hinein, aber Ivos nächster Satz dämpfte seine Laune erheblich.

»Uns ist auch klar, dass Hubert Serner als Vorsitzender des Ausschusses von den Bewerbern besonders heftig angegangen wurde.«

Zehner senkte den Kopf und sah sie drohend unter den Brauen her an.

»Uns würd interessieren, von wem«, setzte Franz ungerührt hinzu.

Zehner lehnte sich mit einem enttäuschten Seufzer auf seinem Stuhl zurück und sah sie an wie zwei Lausbuben, die er beim Schulschwänzen erwischt hatte.

»Tja, da muss ich dann doch etwas ... *weiter* ausholen«, sagte er.

»Ja, gern ...« Ivo erhob sich ächzend von seiner unbequemen Sitzgelegenheit. Zehner sah irritiert zu, wie er, sich die Beine vertretend, zum Fenster ging. Dort lehnte er sich lässig an die mit kunstvollen Schnitzereien verzierte Wand.

Derweil strahlte Franz den Bürgermeister an, als habe er dessen Ton gar nicht bemerkt, der ihnen klarmachen sollte, dass sie mit ihrer Frage grade einen Freund verloren hatten.

»Also, wie schon erwähnt, es gibt bei uns ein klares Punktesystem«, erläuterte Zehner mit dem angewiderten Gesichtsausdruck eines Mannes, der sich ausschließlich von unwissenden Trotteln umgeben sieht. »Und dieses System ist *vollkommen* transparent. Jede Bewerbung wird diesem Punktesystem unterzogen.«

Ivo, in der uneinsehbaren Deckung im Rücken des Bürgermeisters, warf Franz mürrisch-genervte Blicke zu, die der, auf seinem unbequemem Stuhl hockend, zu ignorieren versuchte und stattdessen Zehner höflich interessiert zunickte.

»Das fängt mit den technischen Voraussetzungen an und hört noch lange nicht bei der Ortsansässigkeit auf«, dozierte Zehner gelangweilt weiter. »Wenn Sie also zum Beispiel in München wohnen oder in der näheren Umgebung, dann bekommen Sie eine höhere Punkteanzahl …«

Nun wurde es wohl sogar Franz zu viel. Er unterbrach den Sermon des Bürgermeisters mit erhobener Hand.

»Der Serner hatte ja Schwierigkeiten mit seiner neuen Freundin«, sagte er, »einer gewissen Renée … also Renée ist der Vorname.«

Zehner sah ihn an, ungläubig ob dieser Unverschämtheit.

»Die hat ein Fahrgeschäft«, fuhr Franz ungerührt fort, »und wollte unbedingt auf die Wiesn. Ist Ihnen da irgendwas zu Ohren gekommen?«

»Ich kenne doch nicht die einzelnen Bewerber«, zischte Zehner. »Das sind jedes Jahr über zwölfhundert.« Wütend klappte er den Ordner zu, der vor ihm auf der dunklen Platte des schweren Tisches lag. »Aber jetzt mal im Ernst«, sagte er mit einer Miene, die zeigte, dass seine diplomatische Zurückhaltung vor der Exekutivgewalt ihre Grenzen hatte. »Glauben die Herren wirklich, dass Serner – oder ein anderes Mitglied des Ausschusses – *erpressbar* wäre?«

Franz spitzte die Lippen und machte eine abwägende Geste, aber der OB ignorierte sie. Er war in Fahrt.

»Wir lassen uns von *niemandem* unter Druck setzen, von keinem noch so großen Brauereikonzern, von keinem Betreiber eines superultramodernen Fahrgeschäfts noch von sonst irgendjemandem. Wir haben unsere Regeln, und an diese halten wir uns, Herr Leitmayr, Herr Batic«, beendete er das Gespräch.

Dachte er.

Ivo trat an den Tisch zurück und strahlte den Bürgermeister freundlich an. »Wir hätten gern die Liste der Leute, die sich heuer für die Wiesn beworben haben.«

Franz nickte unterstützend.

Zehner lächelte in schlecht kaschiertem Mitleid. »Ja. *Die* ist ja nun eigentlich ... streng vertraulich.«

»Natürlich.« Batic und Leitmayr nickten zustimmend und strahlten ihn weiter an.

Zehner nickte lächelnd zurück und griff nach seinem Ordner. Es dauerte ein paar Sekunden, bevor er verstanden hatte, dass die Sache entgegen seiner Annahme noch nicht erledigt war. Sein Lächeln verschwand wieder. Er sah die Kommissare ungläubig an, aber das anhaltende und so hinterhältig arglose Strahlen der beiden entwaffnete ihn.

»Tja, des könnte dauern«, sagte er zögernd.

Wieder nickte Ivo zustimmend. »Könnte«, sagte er, mit aufmunternder Geste, »*muss* aber nicht.«

»Also wegen uns ...«, sagte Franz freundlich, und Zehner nickte missmutig.

***

Franz blieb vor der Metzgerei stehen, in der Ivo so zielstrebig verschwunden war. Er wählte und hielt das Handy ans Ohr, aber er hörte nur ein Besetztzeichen. Mürrisch sah er zum Himmel über dem Frauenplatz, der sie im Moment zwar mit Regen verschonte, aber den nächsten Schauer schon ankündigte.

Was für an greisliger Sommer, dachte er und drückte die Wahlwiederholung.

Ivo kam mit zwei Leberkässemmeln aus der Metzgerei und reichte Franz eine.

»Sind die besten«, sagte er.

Franz zuckte die Achseln und nahm die Semmel entgegen, das Handy am Ohr.

Ivo biss in seine Semmel und stieß ein bekräftigendes Grunzen aus. »Die besten«, wiederholte er mit vollem Mund.

Sie überquerten den Platz. Franz hielt seine Semmel in der Hand, sie war noch in die Serviette eingewickelt.

Kopfschüttelnd bediente er ein ums andere Mal die Wahlwiederholung seines Handys mit dem Daumen und hielt es immer wieder aufs Neue ans Ohr.

»Jetzt meld dich halt endlich, Carlo! Wo ist denn der?«

Sie wichen einer Gruppe chinesischer Touristen aus und bogen in die Löwengrube.

»Na endlich«, sagte Franz. »Carlo …«

»Aah, sprecht ihr wieder mit mir?«, erhielt er zur Antwort.

»Ja, die Fastenzeit ist vorbei. Hast du rausgekriegt, wer diese Renée ist?«

Carlo antwortete, aber Franz konnte ihn kaum verstehen, da er von einem heftigen Fluch Ivos übertönt wurde, dem ein großer Klecks Senf aus seiner Semmel aufs Revers gespritzt war.

»Verflixt! Verdammter …« Wütend rieb Ivo mit seiner Papierserviette die gelbliche Masse weiter in den Stoff.

»Wie war das?«, fragte Franz ins Handy.

»Die Dame heißt Renée Zoll«, wiederholte Carlo.

»Renée Zoll ...« Franz sah auf die Semmel in seiner Hand und überlegte, wie er jetzt an Stift und Notizblock kommen sollte.

»... wohnt in der Theresienhöhe 6 a«, fuhr Carlo fort, nichts ahnend von Leitmayrs logistischem Problem.

»Theresienhöhe 6 a«, sagte Franz zu Ivo, der ja immerhin kein Handy bedienen musste und deshalb von Rechts wegen eine Hand hätte frei haben müssen, in der Praxis aber gerade ausschließlich mit der versuchten Rettung seines Sakkos beschäftigt war.

»Ja, ja. Theresienhöhe 6 a«, sagte Ivo, aber wohl mehr der Form halber.

»Und sie betreibt gemeinsam mit einem Fridolin Zoll das Zoller Karussell«, machte Carlo unbeirrt weiter. »Kennts des?«

»Nein«, erhielt er lapidar zur Antwort.

»Net?« Carlo klang ungläubig. »Hat deine Mutter dich nicht jedes Jahr da draufgesetzt, als du ein Bub warst?«

»Nein«, antwortete Franz nur.

»Hast wohl Glück gehabt«, murmelte Carlo. »Wie war's denn mit'm OB?«

»Na ja, er will uns die Liste mit den Wiesnbewerbern *im Prinzip* geben«, antwortete Franz.

»Im Prinzip? Was heißt jetzt des?«

»Du musst ihn halt noch a bissl anspornen, Carlo.«

»Wieso ich?« Carlos Stirnrunzeln war förmlich hörbar. Ein metallenes Geräusch ertönte. Offenbar war er noch immer mit dem Zusammenbau der Espressomaschine beschäftigt.

»Die Liste ist eigentlich streng vertraulich, der Oberbürgermeister möcht ein bissl Zeit schinden. Und da muss man sehr … *subtil* vorgehen, mit an bissl *Fingerspitzengefühl* …«

Ivos Serviette war mittlerweile senfdurchtränkt, und so zupfte er die Leitmayrs von dessen noch nicht angebissener Semmel ab. Franz warf ihm einen genervten Blick zu.

»Und Fingerspitzengefühl, des kann der Ivo net aso … ich kann des a net aso … mach du des auf deine unvergleichlich besonnene Art, gell. Servus, Carlo.«

»Moment«, insistierte der. »Ich hab da noch was: A Kollege hat mir grad a Meldung gebracht.« Papier raschelte. »Und zwar gibt's da an Zeugen, der hat in der Nähe von Serners Haus gestern Abend ein blaues Auto gesehen.«

»Ein blaues Auto?« Franz klang nicht begeistert. »Kennzeichen?«

»Nein … könnt a Audi gewesen sein«, ergänzte Carlo.

»Servus«, sagte Franz und klappte das Handy zu. »Ein blauer Audi. Vielleicht«, sagte er und schüttelte den Kopf. »Und jetzt?«

»Theresienhöhe 6 a«, sagte Ivo.

***

Fridolin Zoll ging mit der Feile über die Kante des Stahlrohres. Sorgfältig entfernte er die Grate und hielt das Rohr prüfend an die Stelle des Stützgerüstes, für die er es angepasst hatte.

Er verzog den Mund: Eigentlich war der Durchmesser einen halben Zentimeter zu groß, aber es würde auch so gehen müssen. Würde es eben noch etwas stabiler werden, das Zoller Karussell.

Und noch schwerer zu transportieren.

Er stand vor einer offen stehenden Luke in der bunt und liebevoll lackierten Dekoration, die Motor und Gerüst kaschierte. Über die Pferdchen und die Schwanenkutsche neben sich hatte er die dicke Schutzplane gegen den Funkenflug gezogen. Nachdem er sich die groben Arbeitshandschuhe übergestreift hatte, griff er nach dem Schweißgerät und zündete die Flamme an.

Mit einem leisen Ächzen ging er in die Knie und beugte sich in die Luke hinunter. Konzentriert formte er die Schweißnaht. Sie wurde glatt und sauber. Besser hätte sein Vater sie auch nicht hinbekommen. Aber sein Vater hätte niemals so ein Rohr da hineingeschweißt; ein Rohr, das nicht wirklich passte.

Vater hat auch nicht mit Loopingachterbahnen konkurrieren müssen, dachte Fridolin. Oder sogar beim Schrotthändler um Kredit betteln. Müde schüttelte er den Kopf.

Plötzlich stand seine Schwester neben ihm, er hatte sie nicht kommen hören. Er klappte die Maske nach hinten und wischte sich über die Stirn. Sie lächelte zärtlich und streichelte ihm sanft mit dem Handrücken über die Bartstoppeln auf der Wange.

Alt wird er, dachte sie. Und verzweifelt sieht er aus.

»Wir haben noch eine Chance«, sagte sie laut. »In diesem Jahr schaffen wir's. Bestimmt.«

Fridolin grinste nur gequält und zog sich die Maske wieder ins Gesicht. Als er gerade weitermachen wollte, kamen zwei Männer durch das Tor.

»Hallo?«, rief Franz.

Renée Zoll kam auf sie zu und sah sie alarmiert und misstrauisch an, als habe sie keine guten Erfahrungen mit Besuch in ihrer Wagenhalle gemacht.

»Grüß Gott«, sagte Franz freundlich. »Frau Zoll?«

»Ja«, antwortete sie. »Wer sind *Sie*?«

»Leitmayr. Wir sind von der Kripo«, stellte Franz sie vor.

Ivo hatte bereits seinen Dienstausweis in der Hand und reichte ihn Frau Zoll.

»Mordkommission, Batic«, sagte er.

Sie starrte auf den Ausweis, verzichtete aber darauf, ihn in die Hand zu nehmen. Franz sah sie aufmerksam an. Renée Zoll konnte ihre Nervosität nicht verhehlen. Sie war in den Vierzigern, ihr Körper kurvig-üppig, das dunkelblonde Haar fiel ihr offen über die Schultern. Sie hätte eine attraktive Frau sein können, aber ihre Fahrigkeit ließ sie ängstlich und verhuscht wirken.

»Sind Sie Renée Zoll?«, fragte er noch einmal.

»Ja.« Sie rieb unruhig ihre Hände aneinander, als sei ihr kalt.

Franz wies mit dem Kinn in die Halle hinein, wo ein hagerer Mann inmitten des halb aufgebauten Karussells hockte.

»Und das ist Ihr Bruder Fridolin?«, fragte er.

Der Mann trug Stulpenhandschuhe und eine altmodische Schweißermaske, eine aus Metall, mit geschwärztem Sichtfenster, die das ganze Gesicht bedeckte.

»Ja«, sagte Renée Zoll.

Ihr Bruder schien sie nicht zu bemerken – oder nicht bemerken zu wollen; bewegungslos saß er da und starrte in eine Ecke.

»Sie kommen wegen Hubert Serner«, sagte Renée Zoll. »Ich hab im Radio gehört, was passiert ist.«

Fridolin Zoll saß unverändert regungslos auf dem Fahrboden des alten Karussells.

»Wären Sie so freundlich, Ihre Maske abzunehmen, Herr Zoll?«, rief Ivo dem Mann zu.

Zoll klappte das Visier hoch und sah unwillig zu ihnen herüber. Franz schenkte ihm ein freundliches Lächeln, aber der Mann sah wieder weg. Seine Schwester senkte den Blick.

Angesichts Renée Zolls offensichtlicher Unsicherheit entschied Franz sich für den direkten Weg.

»Waren Sie gestern bei Herrn Serner?«, fragte er. »Sie hatten doch ein Verhältnis mit ihm?«, setzte er hinzu, als Renée Zoll mit der Antwort zögerte.

Sie schien zunächst nicht zu verstehen, doch endlich schüttelte sie heftig und empört den Kopf.

»Nein!«, sagte sie laut. Leitmayrs unverblümte Direktheit konsternierte sie so, wie er es beabsichtigt hatte. Ihr Blick war verwirrt und verständnislos, und ihre Hände schienen sich verknoten zu wollen.

Auch Ivo blieb unverblümt wie sein Kollege.

»Sie haben sich mit Ihrem Fahrgeschäft fürs Oktoberfest beworben, ohne Erfolg«, sagte er. »Haben Sie Herrn Serner deswegen zur Rede gestellt?«

Renée Zoll trat einen Schritt zurück. »Warum gehen Sie mich so an?«, fragte sie entgeistert. »Denken Sie, ich hab was mit –«

Weiter kam sie nicht. Hinter ihr hatte ihr Bruder sich erhoben.

»Das ist des legendäre Zoller Karussell!«, rief er. Seine Stimme dröhnte durch die hohe Wagenhalle. Mit einer unwirschen Geste streifte er die Maske vom Kopf und warf den beiden Kommissaren einen hasserfüllten Blick zu.

Seine dünnen, stoppeligen Haare standen wirr und verschwitzt vom Kopf ab, die Wangen waren eingefallen. Der Mann war vielleicht Ende vierzig, aber er hätte für zwanzig Jahre älter durchgehen können.

Er drehte sich um und stapfte ins Halbdunkel der Halle hinein.

Leitmayr und Batic tauschten einen kurzen Blick. Batic zuckte die Achseln.

Renée Zoll hatte ihrem Bruder hinterhergesehen, nun wandte sie sich wieder an ihren Besuch.

»Es geht uns nicht gut, finanziell«, sagte sie leise. »Die Wartungsarbeiten werden immer teurer, jeder Volksfestveranstalter erhöht die Platzmieten, wir Schausteller haben einfach keine Lobby ... wie die Wirte«, setzte sie hinzu.

Ivos Blick schweifte durch die Halle. Das Karussell, der Transportwagen, die alte Zugmaschine, alles war tipptopp und liebevoll gepflegt, aber nach Wohlstand sah es hier nicht aus. Die Geräte und Werkzeuge, die herumstanden und -lagen, hatten wohl schon bessere Zeiten gesehen.

»Gibt es keine Vereinigung, die Ihre Interessen vertritt?«, fragte Franz.

Renée Zoll stieß ein kleines, trauriges Lachen aus. »Wir haben sogar *zwei* Berufsverbände«, sagte sie. »Aber deren Hauptbeschäftigung ist es, sich gegenseitig zu bekriegen und dafür zu sorgen, dass ihre eigenen Freunde und Verwandten gut untergebracht sind.« Sie wies in die Halle hinein. »Das, was Sie hier sehen, das ist unser Familienerbe.«

Sie betrachteten das alte Kinderkarussell, die kunstvollen Lackierungen mit Motiven aus Grimms Märchen, das glänzende Messing der Haltestangen.

Hinten in der Halle lehnte Fridolin Zoll an einem winzigen bunten Oldtimer aus Holz, der aufgebockt darauf wartete, wieder kleine Jungs im Kreis zu transportieren. Er bemerkte ihre Blicke. Mit trotziger Miene zog er einen Flachmann aus der Brusttasche seiner ölverschmierten dunkelgrünen Latzhose, schraubte ihn auf und nahm einen tiefen Schluck, ohne Franz und Ivo dabei aus den Augen zu lassen.

»Wir betreiben das Zoller Karussell in der dritten Generation«, sagte Renée Zoll. »Und im Moment sieht es so aus, als würde diese Tradition enden. Das zermürbt meinen Bruder manchmal … Und mich auch.«

Ohne einen weiteren Blick auf ihren Bruder trat sie aus dem Tor der Halle.

Franz warf noch einen Blick auf das Karussell.

»Ist hübsch, gell«, sagte er zu Ivo.

»Hmm …« Ivo nickte. »Schön.«

Er konnte ein Lächeln nicht unterdrücken, zu viele Erinnerungen an seine Kindheit wurden von diesem alten Ding geweckt. Im Luna Park in Zagreb hatte ein ganz ähnliches Karussell gestanden, vielleicht nicht ganz so schön bemalt – aber im Kreis gefahren war es allemal.

Schließlich folgten sie Renée Zoll aus der Halle hinaus.

Sie stand draußen, neben einem alten beigen Ford Granada, den jemand dort dauergeparkt hatte. Immer noch konnte sie die Hände nicht still halten.

Als sie zu ihr traten, warf sie an ihnen vorbei einen Blick in die Halle, als wolle sie sichergehen, dass ihr Bruder außer Hörweite war.

»Ja«, sagte sie dann widerstrebend. »Ich war mal mit Herrn Serner … zusammen.« Nach dem letzten Wort hatte sie eine Weile suchen müssen.

»Und Sie waren wütend auf ihn«, stellte Franz sachlich fest.

»Wir haben uns gestritten. Ich …«, wieder ging ihr Blick zum Tor der Halle, »… ich wollte, dass er was tut für meinen Bruder und mich! Für die anderen hat er seinen Arsch ja auch aus dem Fenster gehängt! … Entschuldigung«, sagte sie, ihre Hand fuhr erschrocken zum Mund, als sie die erstaunten Blicke der beiden bemerkte. »Ich … ich hab das nicht so gemeint.«

»Wann haben Sie denn den Herrn Serner zum letzten Mal gesehen?«

Über die Frage schien sie nachdenken zu müssen. Ihr Blick war so fahrig, als fürchte sie sich, ihnen in die Augen zu sehen.

»Haben Sie eine Pistole, Frau Zoll?«, fragte Ivo, als sie keine Antwort erhielten. »Oder Ihr Bruder?«

»Nein!«, sagte sie schnell und heftig. Bekräftigend schüttelte sie den Kopf. »Nein«, wiederholte sie dann noch einmal.

Franz brauchte Ivo nicht anzusehen, um zu wissen, dass der Renée Zoll genau so wenig glaubte wie er selbst.

»Sie haben meine Frage noch nicht beantwortet«, insistierte er.

»Sie machen mich nervös!«, protestierte sie. »Ich … ich hab gestern …« Ihre krampfhaft verschränkten Hände ruckten auf und ab. »Gestern haben wir einen Kaffee getrunken … im ›Glockenspiel‹. Er hatte im Rathaus eine Sitzung nach der anderen.«

Ivo nickte verstehend. »In diesen Sitzungen … Für

wen hat er da seinen Arsch aus dem Fenster gehängt?«, fragte er.

Renée Zoll biss sich auf die Unterlippe. »Mit der Wurst wird er nach der Speckseite geworfen haben«, murmelte sie dann.

»Wie dürfen wir das denn verstehen?«, fragte Ivo.

»Bei uns kleinen Schaustellern gibt's keinen Speck«, sagte sie. »Den gibt's bei den Wirten.«

»Meinen Sie das jetzt mehr allgemein …?«, fragte Ivo.

»… oder gibt es einen Namen, den Sie uns nennen können?«, ergänzte Franz.

Renée Zoll schaute erneut nach ihrem Bruder. Er stand an seiner Werkbank, weit hinten in der Halle.

»Fragen Sie doch mal die Fuchtel vom Bucksbräu«, sagte sie leise, ohne jemanden anzusehen, »ob's heuer was wird mit ihrm Biergarten auf der Wiesn.«

Damit ließ sie sie stehen. Sie ging in die Halle und schloss das Tor hinter sich.

Sie sahen ihr nach. Ivo spitzte die Lippen.

»Bucksbräu«, sagte er. »Das ist am Wörthsee, oder?«

»Glaub scho«, sagte Franz.

»Gut. Dann kümmerst du dich um den Zeugen, der den Wagen gesehen hat. Und ich fahr da raus und ›frag die Fuchtel‹.«

Franz verzog das Gesicht. »Na toll«, sagte er. »Du kriegst den Biergarten und ich den blauen Audi.«

»Sieh's mal so: Du kriegst den netten Zeugen und ich die Fuchtel«, sagte Ivo.

Franz hätte am liebsten auf Kroatisch geantwortet, aber er ließ es bleiben.

***

Es waren nur ein paar Kilometer auf der A 96, aber der Bucksbräu-Biergarten wirkte so original und urig, als läge er im tiefsten Bayerischen Wald. Ivo stieg aus und sah sich um.

Er bedauerte mehr als ein wenig, noch im Dienst zu sein. Zu verlockend waren die Tische im Schatten der großen Linden. Und die Krüge darauf. Der weiß-blaue Himmel tat das Seinige zur Stimmung.

Wenigstens brauchte Ivo nach seiner Arbeit nicht zu suchen: Sie kam direkt auf ihn zu. Eine Frau trat aus der Tür des Gasthofs und ging mit eiligen Schritten auf den blauen Passat zu, neben dem Ivo gerade seinen BMW abgestellt hatte.

»Frau Johanna Buck?«

Er hätte eigentlich nicht fragen müssen: Das Auftreten der Frau ließ keinen Zweifel daran, dass sie hier die Chefin war.

Sie sah ihn ungnädig an. »Ja«, antwortete sie, während sie die Fahrertür des Passats öffnete und lässig ihre Aktentasche hineinwarf.

Ivo trat neben sie. »Grüß Gott, mein Name ist Batic. Kripo München.«

Für Johanna Buck war das kein Grund, nicht in ihren Wagen zu steigen.

»Wenn Sie kurz dableiben, Frau Buck«, sagte Ivo.

»Sie sehen's doch, ich hab's sehr eilig.« Sie griff nach der Tür.

Ivo stellte sich so, dass er die Wagentür blockierte. »Steigen Sie bitte aus. Danke«, sagte er.

»Jetzt Moment amal!« Sie sah aus, als würde sie ihn beiseiteschubsen wollen. Mit sehr verärgerter Miene stieg sie endlich aus. »Was solln des? Wie heißen Sie?«

Ivo hielt ihr den Dienstausweis unter die Nase. »Ist das Ihr Auto?«, fragte er.

»Ja …«

Ivo trat ein paar Schritte zurück, klappte sein Handy auf und schoss ein Foto von dem Wagen und von Frau Buck, die praktischerweise gleich danebenstand. Sie verfolgte das Geschehen irritiert.

»Haben Sie Hubert Serner gestern in seinem Haus in Trudering besucht?«, fragte Ivo und klappte das Gerät wieder zu.

»Nein«, antwortete Frau Buck betont.

Als er wieder zu ihr herantrat, bemerkte er eine Bewegung an der Tür des Gasthauses. Jemand hielt sie einen Spalt weit geöffnet.

»Der Herr Serner hat sich ja im Wiesn-Ausschuss für Ihren geplanten Biergarten neben Ihrem Bierzelt starkgemacht. Gell?«, fragte er.

»Moment mal …« Ihre Augen verengten sich. »Der Hubert Serner ist ermordet worden. Und Sie reden von meim *Biergarten*?«

»Ja, warum?«, fragte Ivo lächelnd.

Johanna Buck nickte verstehend und entschlossen. »Also gut, dann reden wir direkt: Herr … wie war der Name?«

»Batic«, antwortete Ivo, ohne sie anzusehen. Immer noch stand jemand hinter dem Türspalt.

»Herr *Batic*. *Tot* nutzt Hubert Serner niemandem was. Und *mir* am allerwenigsten. So. Und jetzt entschuldigen Sie mich bitte, ich muss auf die Theresienwiese. Pannen beim Aufbau kann ich mir nicht leisten, das werden S' verstehen.«

»Sicher«, sagte Ivo und warf noch einen Blick zur Tür.

»Wiederschaun«, sagte Frau Buck und stieg in ihren Wagen.

»Wiederschaun!«, antwortete er freundlich.

Sie warf die Tür zu, aber dann fuhr sie noch einmal das Seitenfenster runter.

»Übrigens, was war'n des mit dem Foto?«, fragte sie.

Ivo schenkte ihr sein strahlendstes Lächeln. »Wir sehen uns, Frau Buck«, sagte er.

Mit einem Kopfschütteln legte sie den Rückwärtsgang ein. Ivo winkte sie aus der Parklücke, obwohl sie nicht den Eindruck machte, auf solche Höflichkeiten Wert zu legen.

Er sah ihr nicht hinterher, während sie davonbrauste, sondern ging ein paar Meter weiter zur Hauswand und an der entlang zur Eingangstür.

Die Tür wurde immer noch von innen einen Spalt weit aufgehalten. Er erreichte sie, machte einen entschlossenen Schritt nach vorn und drückte sie auf.

»Haben Sie alles gut verstanden?«, fragte er.

Eigentlich wusste er nicht genau, wen oder was er erwartet hatte, aber gewiss hatte er nicht mit diesem Paar sehr großer grüner Augen gerechnet, das ihn spöttisch und gar nicht schuldbewusst ansah.

»Sie horchen ja hinter der Tür ...« Ivo war klar, dass er nicht so entschieden klang, wie er es vorgehabt hatte.

Die junge blonde Frau zog lächelnd die Brauen hoch. Er bemerkte die Grübchen auf ihren Wangen. Sie trug ein Dirndl, wie es Biergartenbedienungen eben trugen, dunkelblau, mit kleinen weißen Blüten. Aber sie füllte die dazugehörige weiße Bluse auf eine Weise aus, die ihm gefiel.

Sehr sogar, und es gelang ihm nicht, ihr das zu verheimlichen. Sie spitzte verschmitzt die Lippen, als sie seinen unwillkürlichen Blick auf ihr Dekolleté bemerkte.

»Ich hab Sie vom Fenster aus gesehen«, sagte sie, »und da hab ich mir gedacht, *den* schau ich mir mal näher an.«

Ivo grinste schief. Er hatte schon unerfreulichere Ausreden zu hören bekommen. Sie schien ihm zudem vollkommen plausibel.

»Batic, Kripo München«, stellte er sich vor.

»Evelyn Buck«, erhielt er zur Antwort.

Sie trat näher an ihn heran und fasste an sein Revers. »Was seh ich denn da? Einen Senffleck auf dem Sakko des schönen Mannes.«

Als ihr Blick ihn traf und er die haarfeinen Lachfältchen um ihre Augen bemerkte, fiel ihm nichts anderes als ein spöttisches Lachen ein, um sich in die nächste Runde zu retten.

Sie bedeutete ihm mit einem Augenaufschlag, ihr zur folgen, und gehorsam ging er hinter ihr her ins Gasthaus.

Ganz im Gegensatz zum Biergarten saß im Schankraum des Bucksbräus kein einziger Gast. Nur die Bedienungen huschten herein und hinaus und tauschten leere Krüge gegen volle.

Ivo versuchte, lässig zu bleiben, während er Evelyns grüne Augen auf sich spürte, aber das gelang ihm nicht. Mit einer entschuldigenden Geste zog er sein Handy, wählte das Büro an und wandte sich ab. Vielleicht war Carlo mit der Rekonstruktion von Serners Todestag schon ein Stück weiter.

Als er nur das Besetztzeichen hörte, sah er sich doch wieder um. Evelyn Buck lehnte in der offenen Tür und ließ ihn nicht aus den Augen. Ihre Nase gefiel ihm ausnehmend. Sie war gerade, aber mit einem ganz kleinen Höcker, durch den sie perfekt zu dem frech lächelnden breiten Mund passte. Ivo war fast erleichtert, als sie von draußen aus dem Biergarten angesprochen wurde.

»Griaß di, Evelyn«, rief eine junge rothaarige Frau ihr zu.

»Tina! Servus!« Evelyn drehte sich um und damit Ivo den Rücken zu. Er atmete auf und versuchte erneut Carlo zu erreichen, wiederum vergeblich.

»Bist du des Jahr auch wieder dabei?«, fragte Tina.

»Ja, sowieso. Mir san doch a Familie, oder?«, antwortete Evelyn.

»Genau«, sagte Tina und warf mit gerecktem Hals einen sehr beiläufigen Blick an Evelyn vorbei in den Gastraum auf Ivo, der immer noch sein Handy ans Ohr hielt.

»Pfüati …«, verabschiedete Tina sich. Ihr Lächeln war ein wenig skeptisch.

»Servus.« Evelyn winkte ihr kurz hinterher.

Ivo klappte resigniert sein Handy zu und kam zu ihr. Sie strahlte ihn an, und er antwortete mit einem kleinen Lächeln.

»Des is so *nett* auf der Wiesn, da arbeit' man fast immer mit denselben Leuten.«

»Sie kennen doch sicher den Stadtrat Serner. Wann haben Sie den denn zum letzten Mal gesehen?«, fragte Ivo so dienstlich wie möglich.

»Für den ist die Mama zuständig«, antwortete sie ernst. »Sie kümmert sich ums Geschäft und der Papa ums Stüberl. Wollen S' a Radler?«

»Nein danke«, antwortete Ivo wahrheitswidrig, was sie mit einer enttäuschten Schnute quittierte. Sie lehnte in einer koketten Bewegung den Kopf an das Holz des Türrahmens und lächelte ihn von der Seite an. Er stand nah genug bei ihr, um den dezenten Duft ihres Parfums einzuatmen.

»Und die Mama?«, fragte Ivo. »Hat *die* gestern den Stadtrat Serner zu Hause besucht?«

»Des woaß i net«, antwortete sie. Eine ihrer blonden Locken hatte sich aus der Hochsteckfrisur gelöst und fiel ihr über das rechte Auge. Am liebsten hätte er sie ihr zur Seite gestrichen.

»Die Mama is a bissl … nervös momentan«, fuhr sie fort. »Weil die Sache mit dem Biergarten komplizierter ist, als sie gedacht hat. Da geht's um Sicherheitsauflagen und so Sachen. Die san so streng mittlerweile, des hat's ja früher gar net geben.«

Ivo nickte verständnisvoll. Zu etwas anderem war er gerade nicht in der Lage.

»Wirklich kein Radler?«, fragte Evelyn Buck.

»Wirklich«, antwortete er und räusperte sich ausführlich.

»Schad«, sagte sie. »Aber setzen S' sich halt trotzdem daher, ich hol was für den Fleck.«

Sie verließ den Schankraum durch die Hintertür und kehrte so schnell zurück, dass Ivo keine Zeit fand, Ordnung in seine Gedanken zu bringen. Sie setzte sich neben ihn und zog ein Kunststofffläschchen und ein weiches Tuch aus der Tasche ihres Dirndls.

»Des is a richtigs Wundermittel«, sagte sie und öffnete die Flasche.

Ivo betrachtete konzentriert sein Revers. Zumindest hoffte er, dass es so aussah, als betrachte er konzentriert sein Revers, denn in Wahrheit sah er auf das wenige Zentimeter weiter sich befindende spitzenumrankte Dekolleté Evelyns, während sie sorgfältig und ausdauernd den Senfklecks bearbeitete.

»Damit reinigen wir auch unsere Dirndln, wenn bei der Arbeit im Bierzelt was passiert.«

Mit einigem Bedauern sah Ivo, dass der hässliche ockerfarbene Fleck tatsächlich verblasste, sodass die Behandlung seines Sakkos zwangsläufig bald ein Ende finden würde. Durch das Fenster neben ihnen fiel die Sonne und ließ Evelyns Haar golden aufleuchten.

»So! Schaun S' her, der Fleck ist weg«, sagte sie prompt.

Ivo nickte. »Danke ... *Frau Buck*«, sagte er betont.

»Ah geh.« Sie lächelte ihn an, die fein geschwungenen Brauen hochgezogen. »Wolln S' net Evelyn zu mir sagen?«

Ivo spitzte skeptisch die Lippen, während sie sorgsam die Flasche mit dem Fleckenmittel verschloss und in der Tasche ihres Dirndls verstaute.

»Sie san der Ivo, gell?«, sagte sie. »Des hab ich mir scho gmerkt.«

Er nickte leicht und sah ihr forschend in die Augen. Sie hielt seinem Blick mit gleichbleibendem Lächeln stand.

»Wollen S' jetzt sonst no was wissen, *Ivo*?«

»Am liebsten die Wahrheit.«

Sie lachte leise.

»Sie haben mir gesagt, was Sie mir sagen wollten, gell?«

Nun wandte sie ihren Blick ab und sah aus dem Fenster, neben dem sie saßen.

»Mei, der Garten is total voll«, sagte sie. »Ich muss raus, dem Hannes helfen.« Mit einer leichten, tänzerischen Bewegung stand sie auf und ging zur Tür. »Aber wissen S' was?« Sie drehte sich noch einmal zu ihm um. »Kommen S' doch heut Abend nach Dienstschluss vorbei. Da ist es sehr lauschig bei uns.« Sie zwinkerte ihm zu und war aus der Tür.

Ivo blieb noch sitzen und schüttelte leicht den Kopf. Seine sämtlichen Warnlampen blinkten rot.

Sie ist eine Zeugin, dachte er. Mindestens.

***

Carlo verdrehte die Augen und sah zur Decke, aber er sprach unverändert freundlich und jovial ins Telefon.

»Ja, was soll ich sagen, Herr Eckl. *Vielen* herzlichen Dank. Ja. Das ist *wahn*sinnig freundlich von Ihnen.«

Er griff nach dem verchromten Rohr des Milchaufschäumers und pustete eine Fluse aus der Überwurfmutter.

»Ja ... Wirklich, wir wissen Ihre Bemühungen zu schätzen. Sicher.«

Er steckte das Rohr auf den Flansch und drehte die Mutter leicht an. Innerlich fluchte er, weil er immer noch keinen passenden Schraubenschlüssel gefunden hatte.

»Neinneinnein*nein* ... Sie brauchen sich *keine* Sorgen zu machen, Herr Eckl!«

Carlo zog die Schublade auf und suchte nach der kleinen Kombizange.

»Die Liste wird auf *gar* keinen Fall das Präsidium verlassen ... Nein, das garantiere ich ...«

Er fand die Zange und versuchte, die Mutter festzudrehen, ohne die Verchromung zu beschädigen.

»Ganz bestimmt ... Versprech ich Ihnen. Ja ... vielen Dank, danke, Herr Eckl, Wiederhören.«

Carlo warf das Handy auf den Schreibtisch und stieß ein »Puhhhh« aus. Es machte ihm nicht viel aus, tief in den Honigtopf greifen zu müssen, wenn es die Ermittlung nach vorn brachte, aber August Eckl war sogar für ihn eine harte Nuss. Er legte die Zange beiseite und griff nach dem Messingdeckel für den Druckbehälter, dessen Spitze ein unfassbar kitschiger Silberengel mit riesigen Schwingen bildete, und drehte ihn vorsichtig in die richtige Position. Dann nahm er den Schraubenzieher und drehte die Befestigungsschraube des Deckels fest.

Zufrieden betrachtete er sein Werk, dann ging er daran, das Milchaufschäumerrohr endgültig zu fixieren, aber der Versuch wurde nach wenigen Sekunden vom Läuten des Handys unterbrochen.

Genervt legte er das Rohr wieder beiseite und meldete sich.

»Menzinger … Ja, Franz!«

***

In der Einfahrt von Hubert Serners Haus stand immer noch ein Streifenwagen. Direkt daneben stand der Zeuge, Herr Griesser. Er trug eine Schiebermütze, in der Linken hielt er den Stiel des Besens, mit dem er gerade den Rinnstein vor seinem Haus der täglichen Reinigung unterzog. Mit der Rechten winkte er Franz hinterher. Sein Lächeln war fast schon hysterisch freundlich.

Franz grinste leicht gequält zurück, während er in sein Handy sprach.

»Carlo, wie weit bist'n mit der Rekonstruktion?«, fragte er, derweil sich in seinem Rücken Herr Griesser wieder dem Fegen des Rinnsteins widmete.

»Ja also, die Brühgruppe, die hab i jetzt hingschraubt«, antwortete Carlo, »und jetzt hab i grad den Milchaufschäumer …«

Franz unterbrach ihn ärgerlich. »Nein, *nicht* dein neues Spielzeug.«

»Ach so.« Carlo klang ungerührt »Ja, die Liste der Wiesnbewerber kannst abholen beim Stadtrat Eckl. Das ist der neue Vorsitzende vom Wiesnausschuss. Es ist mir gelungen, ihn … vollumfänglich zu überzeugen.«

»Vollumfänglich?« Franz überlegte, ob Carlo ihn beeindrucken oder veralbern wollte.

»Na ja, ich hab halt a bissl mit den Muskeln gspielt«, sagte Carlo kühl. »Und hab ihm gezeigt, wer *wirklich* die Exekutive im Staat ist.«

»Was hast'n dem erzählt?«, fragte Franz, leicht beunruhigt, aber Carlo wechselte das Thema.

»An der Rekonstruktion sitz ich noch«, sagte er. »Laut Auskunft von der Sekretärin vom Serner hatte der am Nachmittag einen Termin außer Haus, aber des war wohl eher so privatissimo, danach hat er sich telefonisch bei ihr, also bei der Sekretärin, nach Haus abgemeldet. Die Dame kommt gleich her, für a anständige Aussage … Was sagt'n dein Zeuge?«

Franz drehte sich im Gehen noch einmal zu Herrn Griesser um, was diesen zur sofortigen Wiederaufnahme des Winkens veranlasste. Franz winkte ebenfalls noch einmal.

»Ja, er hat ein blaues Auto gesehen, aber ob's des war, des der Ivo mir aufs Handy fotografiert hat, weiß er nicht. Wo find ich denn den Stadtrat Eckl?«

***

Evelyn Buck stand im Biergarten, in den Händen einige leere Maßkrüge, als Batic in den BMW stieg und davonfuhr.

Ihr Blick folgte ihm, bis der Wagen an der nächsten Ecke außer Sicht war, dann ging sie eilig ins Haus zurück. Sie ignorierte Hannes' beleidigten Blick, als er sie erneut aus dem Garten verschwinden sah. Drinnen versicherte sie sich, dass niemand in der Nähe war, bevor sie den kleinen Saal des Gasthauses betrat.

Leise schloss sie die Tür hinter sich, ging zwischen den Tischen her zu der winzigen Bühne am hinteren Ende des Raumes und stieg die kleine Treppe hoch. Auf der Bühne stand die Dekoration des Bauerntheaterstückes, das die Laienspielgruppe des Trachtenvereins jeden Donnerstag im August aufführte: ein großer, altmodischer Ledersessel, ein Küchenschrank, ein kleiner Tisch, an der Wand lehnte ein Spiegel. Sie trat hinten an die Kulisse, auf die mit groben Strichen eine Alpenlandschaft gemalt war.

Tastend suchte sie nach der richtigen Stelle und drückte kräftig gegen die Bretterwand. Die Kulisse glitt einen halben Meter zurück. Die Träger der Wand steckten in dafür vorgesehenen Nuten hinten in der Bühne; dazwischen war ein Hohlraum, den die Kulisse normalerweise verdeckte.

Nach einem prüfenden Blick zur Tür kniete Evelyn sich hin und schob ihren Arm in den staubigen Kasten. Zunächst konnte sie nichts finden. Schon befürchtete sie, das Gesuchte wäre verschwunden. Erst als sie sich hinlegte und den Arm ganz hineinsteckte, ertasteten ihre Finger die Pistole.

Sie zog sie heraus und betrachtete sie lange und zweifelnd. Schließlich führte sie die Waffe zur Nase und roch an ihrem Lauf.

***

Johanna Buck war erkennbar unzufrieden, ihre Lippen bildeten einen schmalen Strich. Sie stand vor dem Bucksbräu-Zelt neben dem teuren neuen Abfalleimer, dessen Deckel eine riesige Bratwurst darstellte. Der Chef des Malertrupps zeigte ihr gerade eines der neuen Schilder: Unter dem Schriftzug »Ein Prosit« waren zwei Maßkrüge abgebildet, die an den Rändern zusammenstießen. Sie versuchte dem Maler gerade klarzumachen, dass die Krüge von Händen gehalten werden mussten und nicht einfach so in der Luft hängen konnten, deshalb bemerkte sie das Kamerateam erst, als der Trupp sie fast schon erreicht hatte.

»Frau Buck! Einen Moment bitte!«, rief eine langhaarige junge Frau in grauem Kostüm und hielt ihr ein großes Mikro hin.

Johanna Buck war überrumpelt. Sie sah sich suchend nach Unterstützung um, aber der Chef der Maler war schon auf der Flucht, um sich mitsamt seinem Schild im Innern des Bierzeltes in Sicherheit zu bringen.

»Frau Buck, stimmt es, dass der Stadtrat Serner dem Racheakt eines abgewiesenen Konkurrenten von Ihnen zum Opfer gefallen ist?« Die Frau schob ihr das Mikrophon direkt unter die Nase. Hinter ihr stand schwitzend ein ungepflegt wirkender Fettwanst, der eine Videokamera auf Johanna Buck richtete.

»Warum fragen S' denn das mich? Fragen S' die Polizei«, antwortete sie.

Die Stimme der jungen Frau hämmerte weiter. »*Sie* kennen doch alle Ihre Kollegen.«

Johanna Buck sah auf ihren Arbeitsblock und versuchte die unverschämte Person zu ignorieren, aber bevor sie sich abwenden konnte, kam schon die nächste Frage.

»Frau Buck! Was ist mit Ihren eigenen Plänen? Stimmt das, dass die Erweiterung Ihres Bierzeltes abgelehnt wurde?«

Johanna Buck sah mit einer Mischung aus Empörung und Gereiztheit in die Kamera. Sie würde keinesfalls irgendetwas zu dieser Frechheit sagen, aber die Reporterin war noch nicht fertig.

»... und dass Sie deswegen den Stadtrat Serner bedroht haben? Und seinen Nachfolger, den Stadtrat Eckl, auch schon?«

Das war zu viel. Johanna Buck wischte das Mikrophon zur Seite und ging auf die Kamera los.

»Jetzt hörn S' amal auf mit dem Schmarrn!«

Der Fettwanst konnte nicht schell genug ausweichen. Johanna erwischte die Kamera und presste die Handfläche aufs Objektiv.

***

August Eckl ging vor der Toilettenschüssel in die Knie, steckte den Kopf weit hinein und drehte ihn hin und her. Dann kam er mit einem leisen Ächzen wieder auf die Füße und verließ die Toilettenkabine.

»So, da ham mir zwei ja Glück ghabt, dass des so kurzfristig noch mit eim Termin ganga is«, sagte er zu Franz und betrat die nächste Kabine, wo er sich ebenfalls vor der Schüssel auf den Boden kniete.

Franz stand am Anfang der Kabinenreihe in der Nähe des Eingangs der Baracke, Eckl sprach einfach weiter, über die Wände der Klos hinweg.

»Ich hab ja heut schon ein längeres Gespräch mit Ihrem Kollegen Menzinger am Telefon ghabt ... So, da und da müssen Kästen mit Papiertüchern hin.«

Der letzte Satz galt dem Inhaber des Entsorgungsbetriebes, der neben Franz an der Wand lehnte: ein untersetzter, stoischer Mann mit schütterem Haar und traurigem Schnauzbart, der Eckl lange genug kannte, um von ihm nicht mehr allzu beeindruckt zu sein. Klaglos notierte er auf seinem Klemmbrett, was immer Eckl ihm zum Zustand seines Betriebes diktierte.

»Und die zwei Urinale, bittschön, die schauen ja aus wie gelb ogmalt. Auswechseln!«

Eckl schoss in die nächste Kabine.

»Und bittschön, schaugn S', dass Ihre Mitarbeiterinnen wenigstens halbwegs Deitsch könna ... Deutsch können«, korrigierte er sich, als er wieder auf dem Gang auftauchte.

Der Besitzer nickte geduldig. Sein Stift flog über das Papier.

Eckl stürmte die nächste Toilette.

»Ja! So, des muss ois tiptop sein«, rief er Franz zu. »Mir ham achthundert Sitztoiletten auf der Wiesn und siebenhundert Urinale.«

»Ja. Geh mer naus?«, fragte Franz, als Eckl endlich aus der letzten Kabine kam.

»Ja, geh mer ... Dann dank ich Eana vorerst«, sagte er zu dem Besitzer, der ihm zum Abschied nur stumm hinterhernickte.

»Das sind fünfzehnhundert Toiletten und alle – Obacht! *alle* – san kostenlos!«, deklamierte Eckl, als sie im Freien waren.

»A geh!«, sagte Franz und hoffte, angemessen beeindruckt zu klingen.

»Jaha …«, triumphierte Eckl und band die Leine seines Dackels los, die er an der Regenrinne der Baracke befestigt hatte. Das Tier trabte neben dem eilig ausschreitenden Stadtrat her, genau wie Franz. Sie gingen zwischen gestapelten Gitterkörben voller großer Holzkeile her zur Wirtsbudenstraße und auf das Hippodrom und die Fischer-Vroni zu.

»Äh, die Liste …« Franz wies auf die Papiere, die in Eckls Aktenmappe steckten und deretwegen er hier war.

»Ah so, ah ja, da is s'.« Eckl zog umständlich eine Kunststoffmappe hervor, hielt sie aber fest in der Hand. »Guat, dass Sie die Listen für Ihren Kollegen persönlich abholen«, sagte er. »Beeindruckende Persönlichkeit, Ihr Kollege …«

Franz nickte bestätigend und fragte sich, was Carlo dem Mann wohl erzählt hatte.

»Mir san alle erschüttert im Rathaus«, fuhr Eckl fort. »Und mir san, wie Sie, dran interessiert, dass das Verbrechen so schnell wie möglich aufklärt wird. Der Herr Oberbürgermeister hat mit Eana Behörde sogar schon persönlich gsprocha, glaub ich.«

»Ähm …« Leitmayrs Augenbrauen hoben sich alarmiert. Wieso wusste er nichts davon? »Nicht mit unserer Abteilung, nein«, sagte er.

Eckl nickte verständnisinnig. »Wahrscheinlich weiter oben.«

Franz versuchte, ihm die Liste aus der Hand zu nehmen, aber Eckl zog sie weg.

»Für Ihren Hintergrund, Herr Leitmayr ... und im Zusammenhang mit dieser wirklich ... sehr *inoffiziellen* Liste da ...«, sie blieben stehen, um einen Gabelstapler vorbeizulassen, »... mir sprechen da vom Oktoberfest. Des heißt, mir sprechen von circa *einer Milliarde* Euro.«

»Ach?«, machte Franz.

Eckl überprüfte mit einem Seitenblick, ob seine Worte die gewünschte Wirkung hatten. Er schien nicht ganz zufrieden.

»Das ist der ungefähre Wirtschaftswert, den die Wiesn für die Stadt München jeds Jahr darstellt.« Er wedelte zur Betonung mit der Liste durch die Luft. »Und jeds Jahr bewerben sich übern Daumen *dreizehnhundert* Betriebe, Wirte, Schausteller, Marktkaufleut. Und was schätzen S', wie viel wir bloß nehma könna?«

Franz überlegte angestrengt, welche angemessene, aber nicht übertrieben hohe Zahl er nennen sollte, und entschied sich endlich für ein gedehntes: »Ähhhm ...«

»Knappe sechshundert!«, sagte Eckl stolz.

»Ja, sechshundert, so was hätt i gschätzt«, sagte Franz eilig.

Eckl war beeindruckt. »Guat«, sagte er anerkennend. »Das führt zu Neid, Verdruss und Wut«, fuhr er in seinem Monolog fort. »Was moanan S', was mir manchmal für Brief' kriegen.«

Sie gingen in einiger Entfernung am Bucksbräu-Zelt vorbei. Franz sah ein Kamerateam vor dem Eingang und meinte auch Johanna Buck zu erkennen. Eine junge Frau mit langem glatten Haar hielt ein Mikrophon in der Hand. Aus der Entfernung wirkte es fast, als bedrohe sie Johanna Buck mit einer Stichwaffe.

Eckl hatte das Geschehen nicht registriert. Ungebremst redete er weiter: »Mafia, heißt's da, Camorra. Der Oberbürgermeister wird jeds Jahr mindestens einmal als Don Corleone beschimpft. Kennan S' den Film?«

»Jaja«, sagte Franz und versuchte, die Vorgänge am Bucksbräu im Auge zu behalten, aber ein vorbeifahrender Sattelschlepper verdeckte ihm die Sicht. Als er vorüber war, lag der Kameramann am Boden.

»Das ist schon rein figurmäßig ein Schmarrn«, sagte Eckl.

»Totaler Schmarrn«, bestätigte Franz. Eckl schien ein echter Cineast zu sein, aber die Liste gab er nicht aus den Fingern. Franz sah wieder zum Bucksbräu hinüber. Johanna Buck verschwand gerade eilig im Zelt, während der Kameramann sich wieder auf die Beine mühte.

»Zum Punkt, Herr Leitmayr: Das Oktoberfest ist ein Volksfest auf der einen und ein gigantisches Wirtschaftsunternehmen auf der anderen Seiten«, dozierte Eckl weiter. Von der Auseinandersetzung vor dem Bucksbräu bekam er nach wie vor nichts mit. Oder er ignorierte es einfach. »Wir ermöglichen rund zwölftausend Arbeitsplätze jeds Jahr auf der Theresienwiesn. Da können mir uns koan Schmu leisten. Wir wählen nach einem streng festgelegten Punktesystem aus, und nach dem Punktesystem san alle Bewerber gleich.«

»Sind alle gleich? Keiner ist gleicher?«, fragte Franz, aber seine Ironie verfing nicht, da Lupus von der Krummen Weide gerade sein Bein hob, ausgerechnet an einem Container mit der großen Aufschrift »Pissoir«.

»Ha! Da!« Mit der Mappe wies Eckl auf den Hund und juchzte vor Lachen. »Wahrscheinlich a Reflex!«

Franz nutzte die Situation und schnappte ihm die

Liste aus der Hand. Bevor Eckl protestieren konnte, begann das Handy in seinem Jackett zu läuten.

»Moment, Entschuldigen S' …«, sagte er und fummelte das Gerät aus der Innentasche. »Ja?«, meldete er sich.

Johanna Bucks Stimme im Hörer war so laut, dass Franz sie hören konnte.

»Sag amal, bist du eigentlich wahnsinnig …«

»Was is …?«, versuchte Eckl sie zu unterbrechen, aber sie ließ sich nicht bremsen. Mit ärgerlichem Gesicht wandte Eckl sich von Leitmayr ab.

Franz sah hinüber zum Bucksbräu. Das Team – die junge Reporterzicke, ein fetter Kameramann und ein Hiwi, der die Akkus trug – hatte sich ein paar Meter zurückgezogen. Die Reporterin stellte sich in Positur. Aus der Perspektive würde das große Bucksbräu-Schild gut mit aufs Bild kommen.

Johanna Bucks Stimme keifte weiter aus Eckls Handy. »… Kamerateam …«, verstand Franz, »… *du* mir auf den Hals gehetzt? … Derf net wahr sein!«

»Na, sag amal, spinnst du?« Eckl war ernsthaft empört. »Ich red doch net mit Journalisten. Wer bin i denn? … Ja, von mir ham die des net … Ja, pfüati«, sagte er und klappte das Gerät zu.

»Frau Buck?«, fragte Franz.

»Das war intern.« Verärgert steckte Eckl das Telefon wieder in die Innentasche.

»Johanna Buck?«, insistierte Franz.

»Das war intern«, wiederholte Eckl nur.

***

»Intern! Das ist alles intern!«

»Was?«, fragte Carlo und hob irritiert den Kopf. Er saß auf dem Sideboard neben Ivos Schreibtisch und blätterte in den Vernehmungsprotokollen.

Franz stolzierte vor den Glasbausteinen der Bürowand hin und her und versuchte dabei, Stadtrat Eckls staksigen Gang zu karikieren, was ihm recht gut gelang.

»Der Eckl …« Franz lachte und machte eine abfällige Handbewegung. »Eine Milliarde Euro Umsatz. Jeds Jahr.«

Auch Ivo lachte meckernd. Er saß an seinem Platz, einen Stapel Akten vor sich auf dem Tisch, eine davon war aufgeschlagen.

»Sechs Millionen Besucher«, rechnete Franz vor, während er sich in seinen Stuhl fallen ließ. »Jeder trinkt drei Maß im Schnitt. Die Maß à sieben Euro, des sind … Moment amal …«

Er legte die Stirn in Falten. Alle drei begannen, murmelnd zu multiplizieren.

»Mal drei ist … achtzehn mal sieben …« Ivo trug seinen weiteren Rechenprozess auf Kroatisch vor.

»… hundertzwanzig … hundertsechsundzwanzig …«, sagte Carlo.

»… hundertsechsundzwanzig Millionen«, verkündete Franz gleichzeitig. »Und zwar nur fürs Bier.«

»Und dann noch ‘s Essen und ‘s Fahrgschäft«, addierte Carlo beeindruckt.

»Und der Hubert Serner war so was wie das Epizentrum der Macht«, fasste Ivo zusammen, was die beiden anderen zu anerkennendem Raunen veranlasste.

»Woooh«, machte Carlo.

»Hey, Ivo! Super! *Epizentrum der Macht*«, sagte Franz.

Ivo grinste schief und machte eine Bewegung, als würde er die Antriebsfeder seines Gehirns neu aufziehen.

Carlo sah mit leichtem Bedauern zu ihnen herüber. »Was is eigentlich mit euerm Schweigegelübde?«, fragte er. »Gilt des nimmer?«

Franz starrte mit halb offenem Mund zurück. Er bemerkte sehr wohl, dass Ivo ihn genauso fragend ansah wie Carlo. Er spitzte die Lippen und zögerte, aber endlich sagte er in einer Mischung aus Bedauern und Entschiedenheit:

»Nein.«

Die Art und Weise, wie Ivo daraufhin das Thema wechselte, ließ nicht darauf schließen, dass er an dieser Entscheidung etwas auszusetzen fand. Er nahm die aufgeschlagene Akte von seinem Schreibtisch und wurde dienstlich.

»Also: Das Ganze sieht nicht nach einem geplanten Mord aus«, trug er sachlich vor. »Es gab Streit, der Streit eskaliert erst zur Schlägerei, am Ende schießt der Täter, trifft den Serner in die Schulter, wirft ihn in den Teich und verschwindet. Und wie seine Exfrau ausgesagt hat, kann der Serner nicht schwimmen und ertrinkt.«

Franz blieb wenig, als zustimmend zu nicken.

»Und diese Putzfrau«, Ivo wandte sich zu Carlo um, »die hat doch auch ausgesagt, dass er nie geschwommen ist, dass er höchstens mal am Rand gestanden hat, um sich abzukühlen oder so …«

Carlo blätterte kurz in den Protokollen und reichte Ivo die entsprechenden Blätter.

»Zu der müssen wir noch mal hin, zu der Putzfrau«, sagte Franz. »Vielleicht hat der Serner ihr irgendwas erzählt … So was macht man schon mal, wenn man sich aussprechen will«, setzte er hinzu, als er Carlos verständnislosen Blick bemerkte.

»Genau«, erwiderte Ivo. »Besonders wenn die Exfrau mal keine Zeit hat.« Er grinste Franz schief an.

Carlo hob die Hand. »Ich hab da auch noch was«, sagte er und begann aus den Protokollen vorzulesen. »Des is die Aussage von der Sekretärin vom Serner. Die erzählt da was von einem Xaver Neureuther, Wirt vom ›Alten Schmied‹, der versucht seit neun Jahren, auf die Wiesn zu kommen, und schafft's net. Und *der* war mit dem Serner verabredet am Nachmittag, bevor der, äh, gstorben is.«

Batic und Leitmayr sahen ihn gespannt an. Das klang nach etwas Brauchbarem.

»Und zwei Jahr vorher«, las Carlo weiter, »da hat er sogar versucht, Serner tätlich anzugreifen. Hat ihn niedergschlagen, hat ihn mit einer Pistole bedroht sogar, aber der Serner hat ihn nicht angezeigt, weil er so bsoffen war und weil er sich außerdem entschuldigt hat. Für die Pistole hat er übrigens an Waffenschein.«

Ivo zog eine Grimasse. Serner zeigt ihn nicht an, weil er besoffen war, trotz der Waffe, dachte er. War das jetzt wieder typisch?

»Und der Neureuther, der hat noch einen Sohn, Timo Neureuther, sagt die Sekretärin vom Serner«, erläuterte Carlo umständlich. »Und der würde seit einiger Zeit versuchen, Einfluss zu nehmen auf den Ausschuss, und zwar einerseits über den Serner, andererseits über die Sprecherin der Wiesenwirte, die ... ähm ...« Er sah fragend auf, offenbar stand der Name nicht in der Akte.

»Johanna Buck«, sagte Franz.

»Johanna Buck, ja«, sagte Carlo, dem der Name in derselben Sekunde eingefallen war.

Ivo sagte nichts.

Franz spielte einen Moment lang nachdenklich mit seinem Bleistift. Dann zeigte er damit auf Carlo.

»Carlo, es müsst jemand die abgewiesenen Bewerber überprüfen«, sagte er und stand auf. »Ob gegen einen von denen bei uns was vorliegt.«

Carlo sah ihn waidwund an. »Das sind sechhundertachtnsiebzge.«

»Ja, so was hätt i gschätzt«, sagte Franz und streifte sich die Lederjacke über.

Auch Ivo war aufgestanden. »Des machst du doch *espresso*«, sagte er grinsend und ging zur Tür.

Carlo sah ihnen nach, bis sie die Tür hinter sich zugezogen hatten.

»Wenn ich a Putzfrau hätt«, murmelte er dann, »der tat i nix erzählen.«

Er stand von seinem Platz auf Ivos Sideboard auf und ging entschlossen zu seinem Schreibtisch, wo die Espressomaschine schweigend auf weiterführende Montagearbeiten wartete.

***

Ivo hatte den Wagen einfach auf einem der reservierten Chef-Parkplätze vor dem Haupteingang abgestellt. Sie stiegen aus und legten beide den Kopf in den Nacken. Aus der Nähe war der gläserne Zylinder des City Towers einigermaßen beeindruckend, auch unter dem verhangenen Münchner Himmel.

Am Empfangstresen zeigten sie ihre Dienstausweise,

wiesen freundlich, aber entschieden darauf hin, dass es besser sei, ihren Wagen nicht ungefragt zu entfernen, und fuhren mit dem Aufzug in den zwölften Stock, wo Frau Aljescu zurzeit als Teilzeitreinigungskraft im Einsatz war. Erst als sie mehrere Großraumbüros durchstreift und etliche andere Putzkräfte nach ihr befragt hatten, entdeckten sie sie.

Frau Aljescu trug den uniformen blauen Kittel wie alle ihre Kollegen in der Firma. Sie stand auf einer kleinen Trittleiter vor der Fensterfront, die den Blick nach Osten über den Hauptbahnhof, Ludwigsvorstadt und die Innenstadt freigab. Leichter Dunst lag über allem. Die Frauenkirche war nur eine graugrüne Silhouette.

Frau Aljescu hatte sich ihr Wischtuch über die Schulter geworfen und entstaubte mit einem langen Wedel die Lamellen der Deckenlampe über einem Tisch. Sie wirkte in Gedanken versunken, und als Ivo sie ansprach, zuckte sie so zusammen, dass die beiden fürchteten, sie stürze gleich von der Leiter.

»Sie müssen nicht erschrecken«, sagte Ivo.

»Wir haben nur noch ein paar Fragen zu Ihrem ehemaligen Arbeitgeber, Herrn Serner«, ergänzte Franz.

Sie nahm den Lappen von der Schulter und lächelte scheu, als sie die beiden Kommissare wiedererkannte. »Ich so in Gedanken, wenn ich putzen«, sagte sie leise. »Entschuldigung … Was Sie wollen wissen?«

»Hat der Herr Serner mit Ihnen über seine Arbeit gesprochen? Über Dinge, die mit dem Oktoberfest zu tun haben?«, fragte Franz.

Ivo sah sich um und entdeckte eine Kollegin von Frau Aljescu, die eine grau-metallene Hängeregistratur abwischte und dabei sehr betont nicht zuhörte.

Frau Aljescu stieg von der Leiter und steckte den Staubwedel zu den anderen Utensilien in ihren Schiebewagen. Sie kam Ivo noch kleiner vor als gestern in Serners Garten.

»Sie waren ja lange bei ihm, fast fünf Jahre, haben Sie unseren Kollegen erzählt«, sagte er.

»Ja, stimmt«, bestätigte sie. »Hat viel geredet, wenn da war, aber ich hab meist nicht verstanden. Immer so, ›Gasthaus‹, ›Bierzelt‹, solche Dinge ...« Sie sagte *Bierzäält* und *Ding-gää*. Verlegen sah sie zu Boden. »Entschuldigung ... mein Deutsch ist eine Katastroph.«

Bedauernd legte sie eine Hand auf die Brust, aber Franz winkte gnädig ab.

»Das passt schon«, sagte er. »Hat er Namen genannt? Buck, zum Beispiel. Johanna Buck ...?«

Sie sah sie nur zweifelnd an.

»Xaver Neureuther?«, fragte Ivo, und es kam Leben in ihren Ausdruck. Sie nickte heftig.

»Ja, Neureuther«, sagte sie mit ihrer typischen Betonung. »Viel Ärger, glaub ich ...« Dann verschränkte sie die Arme. »Aber ich bin nicht zuständig«, sagte sie entschlossen.

Als die beiden sie verständnislos ansahen, kam ein kleines freches Grinsen in ihre Augen.

»Hab ich den Satz von Amt: Ich bin nicht zuständig«, sagte sie.

Die beiden lachten, Ivo ein bisschen herzlicher als Franz. Frau Aljescu lachte auch, was ihr sehr gut stand, aber sie wurde schnell wieder ernst.

»Erinnern Sie sich noch an andere Namen?«, fragte Ivo.

Sie beugte sich etwas zur Seite und sah an ihnen vorbei zu der Kollegin, die immer noch emsig über die längst saubere Hängeregistratur wischte.

»Wissen Sie, ist nicht gut, Leute beschuldigen«, sagte sie.

Auch Franz und Ivo sahen zu der Kollegin und traten dann näher an Frau Aljescu heran.

»Frau Aljescu, Sie sind Zeugin in einem Mordfall«, sagte Franz leise, aber eindringlich.

Sie sah sich noch einmal um, aber sonst war niemand in Hörweite.

»Also …«, forderte Ivo sie auf.

»Ich glaube … Zoll«, sagte sie zögernd. »Wie Zoll von Grenze. Hat oft angerufen und auf Anrufbeantworter gesprochen, war Herr Serner oft wütend auf ihn … Oft«, bekräftigte sie.

»Wissen Sie, warum?«, fragte Ivo.

Aber Frau Aljescu schüttelte nur bedauernd den Kopf.

***

»Heut noch? Ja, gut. Danke, Carlo.« Ivo klappte das Handy zu und steckte es in die Jackentasche. Er folgte Franz durch die Glastür aus der Halle hinaus.

»Also der Neureuther steht auf der Liste der abgewiesenen Wirte. Carlo hat für morgen eine Vorladung besorgt«, sagte er.

»Für den alten oder den jungen?«, fragte Franz.

»Für beide. Und für Fridolin Zoll auch. Des Alibi von dem, des ist nämlich überhaupt kein Alibi. Er sagt, er war *im Bett.*«

Franz stieß ein spöttisches Lachen aus. Vor der Tür stand eine lebensgroße Löwenstatue in poppiger Lackierung, und Ivo war sich nicht sicher, ob sich das Lachen auf das Alibi oder den Löwen bezog.

»Wie schaut's denn aus mit Biergarten?«, fragte Franz, aber Ivo musste ihn enttäuschen.

»Geht nicht. Wir beide haben grad noch einen Termin reinbekommen.«

»Jetzt noch?«, fragte Franz.

»Ja. Und zwar dringend.«

»Gibt's a neue Spur oder was?«

»Nein, keine neue Spur. Aber vielleicht ein paar Hinweise.« Ivo grinste schief, als Franz ihn verständnislos ansah, und öffnete die Fahrertür. »Der Herr Polizeipräsident persönlich erwartet unsern Besuch.«

»Na servus«, murmelte Franz. Es war ihm anzusehen, dass er den Biergarten sogar vorgezogen hätte, wenn der Präsident ihn hätte befördern wollen, wovon allerdings nicht wirklich auszugehen war.

Franz war schon schlecht gelaunt in das Büro hineingegangen, aber nun, fast dreißig überflüssige Minuten später, benötigte er für die Anstrengung, freundlich zu bleiben – und dabei auch so auszusehen –, alle Konzentration, die aufzubringen er so spät am Nachmittag noch in der Lage war.

Tatsächlich standen sie bereits seit bald einer Minute wieder an der Tür, Franz hatte die Klinke schon geraume Zeit in der Hand, aber Polizeipräsident Dr. Eberhard Schultz war mit seiner Belehrung noch immer nicht fertig.

»Bleiben Sie unaufgeregt«, sagte er in staatstragendem Ton, »halten Sie Ihre Vorurteile im Zaum und, Herr Leitmayr, Herr Batic, schaugn S', dass S' rechtzeitig Schaden von unserer Wiesn nehmen, gell? Also, schönen Tag noch.«

»Ja, danke«, dienerte Franz, so beflissen er noch konnte. »Ihnen auch.«

»Gleichfalls«, sagte Ivo, während sie sich rückwärts aus dem Büro auf den Gang schoben.

Franz zog die Tür zu, und einen Moment lang starrten sie sich fassungslos an.

»Was sollte *das* denn?«, platzte es endlich aus Ivo heraus.

Franz zählte an den Fingern auf. »Liebe, Geld, Rache. Des könnten so Motive sein, des wollt uns der Herr Polizeipräsident halt noch mal sagen …«

Ivo schüttelte ungläubig den Kopf. »Das wissen wir seit der ersten Klasse Polizeischule.«

»Ja«, sagte Franz. »Aber jetzt wiss' mer's halt irgendwie noch mal anders, weißt. Mehr amtlich.«

»Ah ja«, brummte Ivo.

Er stapfte los in Richtung des gotischen Treppenhauses. Franz folgte ihm.

»Die Buck kennt wirklich jeden«, sagte er, während sie die breite Treppe hinuntertrabten.

Ivo winkte ab. »Die kennen sich doch alle untereinander.«

»Nützt ihr aber nix. Was ist jetzt mit Biergarten?«, fragte Franz hoffnungsfroh und war einigermaßen erstaunt, als Ivo antwortete:

»Ich bin müd, ich geh heim.«

Merkwürdig. Auf Franz hatte er ganz und gar nicht müde gewirkt.

***

»Glump verreckts umaeinand! … Glaubst des … des is ja … zefix!«

Niklas Buck starrte wütend auf die Scherben der Weißbierflasche, die ihm gerade aus dem Tragerl gerutscht und auf dem Boden zerschellt war. Sein Gesicht unter den schütter werdenden rotblonden Haaren nahm eine ungesunde rote Färbung an. Er kniff die Lippen zusammen, sah sich wütend um, und als er nicht sofort einen Besen entdeckte, kickte er die Scherben einfach auseinander.

Die Tür von der Gaststube zum Hinterhof öffnete sich, und Evelyn streckte den Kopf heraus.

»Was ist denn los?«, fragte sie, aber sie musste die Antwort gar nicht abwarten, um zu erfassen, in welcher Stimmung ihr Vater war. Sie wusste, dass nur eine Kleinigkeit oder sogar überhaupt nichts passieren musste, damit er explodierte.

Sie ging zu ihm und griff nach dem Besen, der hinter einem Stapel Limokästen an der Wand lehnte.

»Papa, was soll denn des?«, fragte sie. »Da spielen Kinder.« Sorgfältig kehrte sie die Scherben zusammen, die um den Karren herumlagen, mit dem ihr Vater das Weißbier ins Kühlhaus fuhr.

»Wo is'n dei Muatter?«, fragte Niklas Buck. Sein Gesicht war zerfurcht von diesem ungerichteten Zorn, den Evelyn schon so lange kannte und der ihn eines Tages noch umbringen würde, so fürchtete sie.

»Des weißt doch! Muatter is auf der Wiesn …«, sagte sie. »Du, sag amal, hast du wieder was trunken?«

Ihr Vater machte eine unwirsche Handbewegung und wandte sich ab, aber seine Augen konnten sie nicht belügen. Zornig stampfte sie mit dem Fuß auf.

»Drinnen warten deine Gäste auf dich!«, sagte sie scharf.

Mit einer unsicheren Bewegung drehte er sich ihr wieder zu.

»Ich hab net nix trunken!«, bellte er. »Red net so daher als wie dei Muatter! Ich war am Nachmittag am Großmarkt, und hinterher hab ich die neuen Lampen bsorgt fürn Garten!« Er gestikulierte in Richtung Gaststube. »Um des kümmert sich ja keiner do!«

»Beruhig dich, Papa, bitte ...«, sagte Evelyn besorgt. So außer sich hatte sie ihren Vater lange nicht erlebt. Aber Niklas Buck hatte noch nicht vor, sich bremsen zu lassen. Das Rot seines Gesichtes wurde beunruhigend.

»Jedes Jahr wieder der gleiche Wahnsinn! Sag amal, wie viel Leut müssen eigentlich jetzt no eini gehen in so a Wiesenzelt?« Er beugte sich vor und breitete die Arme aus. »Fünftausend, sechstausend? Und wie oft muss die Muatter no in der Zeitung drinnastehen? Täglich?«

Evelyn antwortete nicht – was hätte sie auch sagen können? Sie hatte die Hände trotzig in die Hüften gestemmt, aber in ihren grünen Augen stand etwas anderes als Trotz. Am liebsten hätte sie geweint.

Ihr Vater richtete sich auf. Endlich wurde er ein wenig ruhiger, aber das Feuer in seinen Augen war nicht erloschen.

»Was ist jetzt nach'm Tod vom Hubsi? Ist die Bahn jetzad frei für den Biergarten?«, fragte er.

»Papa«, Evelyn sprach leise, »i bin auf deiner Seiten, i find a, dass das ois immer gigantischer wird, immer verruckter ...«

Niklas Buck ließ seine Tochter nicht ausreden. »Du erbst doch eh alles«, fiel er ihr ins Wort. »Des Gasthaus, des Wiesnzelt, *mit* oder *ohne* Biergarten!« Er zeigte fuchtelnd in Richtung Biergarten. »Aber *des* da, des is *mei* Wirtschaft! Und da genga'n genau hundertachtzg Leut eina ...«

»Genau«, sagte Evelyn beherrscht. »Aber das Geschäft von der Mama auf der Wiesn bringt uns übers ganze Jahr, und es bleibt sogar noch was übrig.«

Ihr Vater sah zur Seite. Sie hatte ihn verletzt, und es tat ihr leid. Aber was sonst hätte sie sagen können? Es war schlicht und ergreifend die Wahrheit.

»Papa ...« Sie machte einen Schritt auf ihn zu und legte ihm sanft die Hand auf die Schulter. »Papa, ich bleib bei *dir*. Ich arbeit doch viel lieber hier, des woaßt doch.«

Sie umarmte ihn, aber er blieb stocksteif.

»Schau, die Wiesn, die mach ich nur, weil ich so gern verreis, und des kann i mir dann jeds Jahr leisten«, sagte sie leise.

Endlich gab Niklas Buck nach. Widerstrebend, aber dann doch herzlich erwiderte er die Umarmung seiner Tochter.

»I werd amal Wirtin«, sagte sie fest. »Und zwar *hier*, bei uns, und net in so eim Zelt auf der Wiesn, wo mir die ganzen Promis die Plätze wegreservieren. Das versprech i dir. I lass di net im Stich.«

Ihr Vater befreite sich aus ihrer Umarmung. Er schaute an ihr vorbei, der kurze Moment der Innigkeit war schon wieder verflogen, und es machte Evelyn traurig zu sehen, wie Bitterkeit und Erschöpfung in seinen Blick zurückkehrten.

»Sag amal«, brummte er, immer noch ohne sie anzusehen. »Was is jetzt eigentlich mit deim Spezi, dem Neureuther-Timo? Hat der jetzt endlich Erfolg bei dir und deiner Muatter?«

»Was?«

Evelyn sah ihren Vater verständnislos an, aber er blickte zum Kühlhaus hinüber. Sie zog die Nase hoch. Den Triumph, dass sie jetzt anfing zu weinen, gönnte sie ihm nicht. Sie drehte sich um und ging zurück zur Gaststube.

***

Ivo lehnte an seinem Wagen. Die Dämmerung war weit fortgeschritten, bald würde es ganz dunkel sein. Es war angenehm lau, ein wunderbarer Spätsommerabend.

Er zwang sich, nicht dauernd auf die Uhr zu schauen. Für sein Gefühl zogen sich die Minuten so zäh wie Kautschuk, bis endlich auch das letzte Licht hinter den Fenstern des Gasthofs erloschen war. Kurz darauf öffnete sich endlich die Tür, und Evelyn Buck trat heraus. Sie trug einen hellbraunen Rock und ein eng anliegendes blaues Spaghettiträger-Top, ihre Tasche hing über ihrer Schulter.

So etwas registrierte der Profi in ihm automatisch, aber eigentlich sah er nur das Lächeln in ihren Augen, deren Grün, so kam es ihm jedenfalls vor, ihn in der Dunkelheit anleuchtete. Er bemerkte, dass seine Beine ein wenig zitterten, und versuchte, es zu ignorieren.

»Hallo, Ivo«, sagte sie.

»Hallo«, antwortete er und hoffte, dass sein Lächeln nicht so verkrampft wirkte, wie es sich anfühlte. Er räusperte sich.

Ein wenig verwundert sah er, dass sie ein Buch in der

Hand hielt, und noch verwunderter war er, als sie es ihm überreichte.

»Für Sie«, sagte sie.

»Danke …« Es war ein schmaler Band, hellblau, liebevoll mit einer farblich dazu passenden Schleife umwickelt.

»Rainer Maria Rilke«, las er.

»Mein Lieblingsbuch«, sagte sie.

»Wirklich? Danke schön.«

Er hielt ihr die Tür auf und schloss sie wieder, nachdem Evelyn eingestiegen war. Während er zur Fahrertür ging, warf er noch einen Blick auf das Buch. »Ausgewählte Gedichte«, stand da. Er hatte sich bisher nicht sehr für Lyrik interessiert, aber er würde sofort damit anfangen.

Sie hatte sich das »Misfits« ausgesucht, eine Bar in der Nähe des Gärtnerplatzes, auf die Ivo nicht unbedingt gekommen wäre. Die Einrichtung war eine Mischung aus Fünfziger-Jahre-Wohnzimmer und Klassenraum. Aber er hatte sowieso keinen Blick für Tütenlampen oder Hirschgeweihe, und auch die melancholischen Richard-Hawley-Songs nahm er kaum wahr. Das Einzige im Raum, was seinen Blick von Evelyn ablenkte, war ein Pärchen, das ein paar Tische weiter in einer rot ausgeschlagenen Nische saß und weltvergessen knutschte.

Er riss den Blick von den beiden los und blätterte das Buch auf.

»Das ist Ihr Lieblingsdichter, ja?«, fragte er.

»Mir gefällt, wie er über die Liebe schreibt«, sagte sie leichthin und lehnte sich entspannt auf der kleinen Couch zurück, auf der sie saßen.

Liebe, wie schön, dachte er. Dann schüttelte er den Kopf, wie um sich aufzuwecken, und legte das Buch auf den niedrigen Tisch zwischen sein Rotweinglas und ihren Rum-Maracuja-Cocktail.

»Ich möcht Sie gern was fragen, Evelyn«, sagte er so dienstlich wie möglich.

»Wollen mer uns net endlich duzen?«, fragte sie und geriet ein wenig ins Stammeln. »Also ich weiß, dass ich … dass Sie … also du …«

Ivo lächelte leicht gequält. »… dass du die *viel* Jüngere bist?«, schlug er vor und griff nach seinem Weinglas. »Ich bin der Ivo«, sagte er entschlossen.

»Evelyn«, sagte sie lächelnd.

Sie stießen an und tranken. Als sie die Gläser wieder abgestellt hatten, legte sie ihren Ellbogen auf die Rücklehne des Sofas, direkt neben seine Schulter, und stützte den Kopf in die Hand.

»So«, sagte sie. »Und jetzt sammer also hier, weilst mich verhören willst. Oder?«

Er wusste nicht, was ihn am meisten verunsicherte, ihr Duft, der plötzlich so nah war, die Nähe ihrer nackten Achselhöhle oder ihr so betont kokettes Lächeln.

»Nein. Ich will dich nicht verhören«, sagte er mit einem Lachen.

»Ah so.« Sie setzte eine gespielt bedenkentragende Miene auf. »Also du gehst praktisch … *einfach so* mit der Tochter einer Verdächtigen aus.«

Wieder lachte er nur, weil ihm einfach keine passende Antwort einfallen wollte. Er fühlte sich ertappt. Es *gab* keine passende Antwort. Und ihr Blick sagte ihm, dass sie das genau wusste.

»Also«, sagte sie. »Was willst'n wissen?«

Er zögerte einen Moment, aber dann fragte er ernst: »Besitzen deine Eltern eine Pistole?«

Sie runzelte nachdenklich die Stirn. Dann schüttelte sie den Kopf.

»Naa …«, sagte sie endlich. »Des würd i wissen.«

Er fühlte einen kleinen Stich. Irgendetwas in ihm glaubte ihr nicht – glaubte auch den großen grünen Augen nicht. Aber es konnte sich nicht durchsetzen gegen den Wirrwarr in seinem Kopf. Es war wirklich ein ziemlich großer Wirrwarr. Und nicht nur in seinem Kopf. Auch sonst wo.

Sie ist eine Zeugin, dachte er. Vielleicht eine Verdächtige. Ich darf ihr gar nichts glauben.

Aber er vergaß es sofort wieder.

»Gut«, sagte er stattdessen. »Dann reden wir jetzt nicht mehr über meine Arbeit.«

Ihr Kopf näherte sich seinem. »Und du, Ivo?«, fragte sie lächelnd. »Hast deine Pistole auch dabei?«

Und wieder fiel ihm keine Antwort ein. Er war nur froh, dass sie nicht nach seinen Handschellen gefragt hatte.

Ihr Lächeln verschwand, und in die grünen Augen trat etwas sehr Entschiedenes. Sie fasste seinen Kopf mit beiden Händen und küsste ihn.

Ivo schaltete auch noch die allerletzte Warnlampe in seinem Gehirn aus und erwiderte den Kuss – so heftig und ausdauernd, wie er gegeben wurde.

***

»Und *so* läuft das Spiel!« Xaver Neureuther funkelte Franz böse an, während er verbissen über den längst makellos glänzenden Edelstahl des Zapftisches des »Alten Schmied« wischte.

Franz trank von seinem Hellen und sagte nichts. Oft war es ratsam, die Leute einfach reden zu lassen. Dies schien so ein Moment.

»Wenn du den Schnitt net machst: zack!« Der alte Neureuther fuhr sich mit der flachen Hand über die Kehle und knallte das Wischtuch wütend auf die Spüle. »Bier muss übern Tresen, nix anders ... kein Wein ...«

»Du, Xaver ...« Der massige Mann an der Theke zeigte schüchtern auf seinen Schoppen. »Des ist halt nur wegen dem ...« Er deutete auf seinen voluminösen Bauch.

Neureuther winkte beschwichtigend ab. »*Du* trinkst, was du magst!«

Der Gast nickte erleichtert.

Franz stellte sein Glas auf dem Tresen ab und sah sich in der großen, leeren Gaststätte um. Sie hatte etwas Deprimierendes. Der Mann mit dem Weißwein war neben ihm der einzige Gast, dabei war es noch gar nicht spät. Es verwunderte ihn, dass eine Gaststätte wie diese hier in Thalkirchen so schlecht lief. Könnte am Wirt liegen, dachte er.

»Und wenn Sie auf die Wiesn kämen, dann wären Ihre Probleme gelöst?«, fragte er laut.

Neureuther stieß ein Schnauben aus. »Wir sind eine *Traditionsgaststätte*!«

Er griff sich sein Tablett, kam um die Theke herum und blieb vor Franz stehen.

»Als meine Frau no gelebt hat, war hier jeden Monat Trachtlerstammtisch ... Gesangsverein ... Kegelverein ...«

Er ging in den leeren Gastraum, in dem schon kein

Licht mehr brannte, und sammelte die letzten leeren Gläser, die noch auf den Tischen standen, auf das Tablett.

»Der Landfrauenverband Oberbayern hat bei uns seine Jahreshauptversammlungen abgehalten«, sagte er mit erhobener Stimme. »Und so weiter, und so weiter ...«

Der Gast an der Theke nickte Franz traurig zu. Das waren Zeiten, sagte sein Blick.

Franz nickte freundlich zurück. Der Mann passte perfekt hierher. Mittelalt und traurig und allein.

Neureuther hatte das Tablett abgestellt und schüttelte müde den Kopf. »Aber jetzad ...«, murmelte er. »Veranstaltungen schaffen wir nimmer, mein Sohn und i.«

Doch dann ging wieder ein Ruck durch ihn. »Aber!« Er kam mit festem Schritt auf Franz zu und baute sich vor ihm auf. »Mir steng immer noch im *besten* Restaurantführer. Unser Bier is gut und unsere Küche ausgezeichnet. Und mir ham es verdient, auf die Wiesn zu kumma!«, endete er, schärfer, als Franz es für nötig gehalten hätte.

Neureuther stapfte wieder hinter seinen Tresen. Der Gast an der Theke trank aus seinem Schoppen und schien dabei ein schlechtes Gewissen zu haben. Die schüchtern gebückte Haltung, mit der er auf seinem Hocker kauerte, stand in einem seltsamen Kontrast zu seinem stämmigen Körper.

»Möcht ja niemanden anschwärzen«, sagte Neureuther, und seine Miene sagte Franz, dass er genau das jetzt tun würde. »Aber von dene fünfundvierzg *Kollegen*, die da draußen eine Lizenz haben, da san einige ... ha!«, er nahm seine brennende Zigarette aus dem Aschenbecher und sog wütend daran, »... *einige* dabei, die ham net amal Fast-Food-Niveau.«

Franz griff nach seinem Bier und trank den letzten Schluck.

»Und i sog immer: *Burger-Essen*!« Neureuther sprach es tatsächlich Deutsch aus: mit u, und er betonte es noch dazu. »*Burger*! Da hast ja du den Geschmack schon vergessen, bevor du das Papierl von dem *Burger* in den Müll geschmissen hast!« Er nahm einen Maßkrug von der Spüle und begann, ihn abzutrocknen.

Franz stellte sein Glas ab und tastete in der Hosentasche nach Kleingeld.

»Wo Ihr Pistolen is, wissen Sie nicht, sagen Sie«, sagte er beiläufig.

Xaver Neureuther knallte den Maßkrug derart auf die Theke, dass seinem Gast vor Schreck fast das Weinglas aus der Hand fiel.

»Des frogen Sie mich zum zweiten Mal!«, brüllte Neureuther. »Na! Die hob i nimmer!«

Franz zählte gelassen Eurostücke neben sein leeres Glas, während der andere Gast versuchte, den verschütteten Wein mit einem Papiertaschentuch von der Theke zu wischen.

»Sie gehen besser nach Haus, Herr Kommissar«, sagte Neureuther böse. »Ich nehme an, Sie sind nicht mehr im Dienst.«

Franz zwinkerte ihm zu. »Ein Polizist ist immer im Dienst. Herr Neureuther.« Damit ging er hinaus.

Er war noch nicht die Treppe des »Alten Schmied« hinunter, als auf der Straße vor ihm eine blaue Alfa-Romeo-Limousine hielt. Ein sportlicher Mann Anfang dreißig stieg aus und ging auf das Gasthaus zu. Er hatte dunkles, glattes Haar und machte auf Franz einen ziemlich schlecht gelaunten Eindruck.

»Sie sind Timo Neureuther?«, fragte er.

Als Antwort erhielt er nur einen stummen, misstrauischen Blick.

Ganz der Papa, dachte Franz.

»Leitmayr, mein Name«, stellte er sich vor. »Ich bin von der Kripo München.«

Timo Neureuther hob die Augenbrauen. »Aha«, sagte er nur.

Immerhin, dachte Franz. Er hat gesprochen. »Waren *Sie* gestern Abend beim Stadtrat Serner zu Haus?«, fragte er.

Der junge Mann bekam einen arroganten Blick. »Ich hab keine Zeit für Ausflüge in andere Stadtviertel«, sagte er gedehnt. »Wir haben Hochsaison.«

Franz nickte beeindruckt. »Ja«, sagte er. »Is viel los.«

»Gut Nacht«, sagte Neureuther, ließ Franz einfach stehen und ging die Treppe zum Gasthaus hinauf.

»Bis morgen, Herr Neureuther!«, rief Franz ihm nach, bevor er durch die Tür war. »Für wie viel Uhr hatte der Kollege Sie vorgeladen?«

Aber Neureuther drehte sich nicht noch einmal um. Ohne ein weiteres Wort ließ er die Gasthaustür hinter sich zufallen.

Franz warf noch einen prüfenden Blick auf den dunkelblauen Alfa, dann machte er sich auf den Weg nach Hause.

Timo Neureuther betrat den »Alten Schmied« und ging grußlos auf seinen Vater zu, der rauchend hinter dem Tresen stand.

»Hast du dem Polizisten erzählt, ich wär gestern Abend beim Serner gewesen?«, fragte er.

Xaver Neureuther betrachtete nachdenklich seine Zigarette.

»Und?«, fragte er. Der Wirt des »Alten Schmied« nahm einen tiefen Zug aus der Zigarette und atmete seinem Sohn den Rauch geradewegs ins Gesicht. »*Warst* du da?«

Timo Neureuther antwortete nicht. Er drehte sich um und ging hinaus.

Der einsame Gast an der Theke führte seinen Schoppen zur Nase und roch daran. Es lag nur wenig Trost darin.

Am liebsten hätte er ein Bier getrunken, aber es schien ihm nicht der rechte Zeitpunkt, Xaver Neureuther anzusprechen.

***

Renée Zoll sah zu ihrem Bruder. Sie saß bei ihm in der Halle, wo er, wie so oft in der letzten Zeit, den Abend und die halbe Nacht verbracht hatte. Am Anfang des Abends hatten sie noch gesprochen, über früher, so wie Fridolin eben am liebsten über früher sprach. Das Heute mochte er nicht, nicht so sehr wie das Früher, als die Eltern noch gelebt hatten. Der Vater besonders. Ihr Vater, der alles konnte. Alles tat, was nötig war. Der Herr des Zoller Karussells.

Darüber hatten sie gesprochen oder vielmehr: Fridolin hatte gesprochen. Renée hatte nur ein paar Stichworte geliefert, und Fridolin hatte erzählt, aber das war zu Beginn des Abends gewesen.

Nun schwiegen sie. Schon lange. Es kam ihr vor wie Stunden, die sie wortlos dasaßen, vor dem halb aufgebauten Karussell.

Dem legendären.

Sie hatte natürlich bald gemerkt, dass sie ihn störte, aber genau deshalb war sie hier.

Sie wollte ihn stören.

Beim Trinken.

Solange sie da war, würde er den Flachmann nicht aus der Tasche holen und auch nicht an den billigen Weinbrand gehen, den er im Discounter kaufte und im Werkzeugschrank hinter dem Ratschenkasten versteckte. Er glaubte tatsächlich, sie wüsste nichts davon.

Renée liebte ihn, wie man einen Bruder nur lieben konnte. Sie liebte ihn, aber sie war müde und erschöpft. Erschöpft von der Größe ihrer Aufgabe.

Sie hatte ihrer Mutter versprechen müssen, auf ihn aufzupassen, »wenn mal was mit mir ist«. So hatte die Mutter es stets gesagt. »Wenn mal was mit mir ist«. Das Wort »sterben« war ihr nie über die Lippen gekommen, auch als der Krebs sie schon längst besiegt hatte und sie nur noch durch Schläuche, Kabel und Röhren in dieser Welt gehalten werden konnte.

Und nun saß sie hier, Renée Zoll, immer noch das Mädchen, schlau und stark, viel schlauer und stärker als der Bruder, aber eben nur das Mädchen. Saß hier und sah den Rest ihrer guten Jahre vergehen, saß hier mit ihrem Bruder und sah mit an, wie er immer verbitterter, hoffnungsloser und böser wurde.

Fridolin stand auf und ging langsam auf das Karussell zu. Er blieb vor der Verblendung stehen, an der er gearbeitet hatte und die immer noch nicht richtig fixiert war. Nach wie vor hing das große Blech schief, war nur an den oberen beiden Schrauben befestigt und ragte in den Raum hinein.

Seine Miene war starr, die rechte Hand zur Faust geballt. Renée zuckte heftig zusammen, als er mit aller Kraft gegen das Blech hieb und ein Laut wie Donner durch die Halle grollte.

FREITAG

Franz steuerte den Wagen im Slalom um Container, Kranwagen und Gitterboxen herum. Einmal musste er kräftig bremsen, um einem Gabelstapler auszuweichen.

»Hunderttausend Sitzplätze gibt's hier auf der Wiesn«, sagte Ivo.

»Und eintausendfünfhundert Toiletten«, ergänzte Franz. »Und die sind wirklich alle kostenlos.«

Ivo stieß ein kleines ungläubiges Lachen aus. Das Wort »kostenlos« klang irgendwie unpassend im Zusammenhang mit der Wiesn.

»Mei, wenn des, was reinkommt, schon so teuer ist, dann darf die Entsorgung nix kosten«, sagte Franz. »Das is nur fair.«

Ivo musste ihm recht geben.

Franz stellte den Wagen neben einer Toilettenbaracke gegenüber dem Bucksbräu-Zelt ab.

Johanna Buck stand vor dem Zelt und kommandierte drei Arbeiter, die hölzerne rot-weiße Begrenzungspoller hin und her schoben.

»Ihr wissts ja, die Vordergrenze, wo des is. Deswegen ham mer gsagt, gell: hier die eine Seite und hier noch die andere Seite. Aber des dürft ja kein Problem sein, oder? Jetzt müss' mer halt nur schauen, genau wo die Grenze is …«

Die Männer lauschten den Anweisungen geduldig und schoben die Stangen, wohin immer sie wies. Ivo hatte starke Zweifel, dass die Männer auch nur ein Wort von dem verstanden, was sie sagte. Sonst wären sie nicht so gleichmütig. Weißrussen, vermutete er, aber er war sich nicht sicher.

Johanna Buck bemerkte Batic und Leitmayr erst, als sie schon neben ihr standen.

»Guten Morgen, Frau Buck«, sagte Ivo. »Ihr Mann hat uns gsagt, dass wir Sie hier auf der Wiesn finden.«

Sie warf ihnen einen schlecht gelaunten Blick zu und gab weiter Anweisungen.

»Dieser Bereich hier muss frei bleiben wegen der Sicherheitsauflagen. Die letzte Bankreihe ist genau hier«, sie verschob einen der Poller, »und die Leut vom SD müssen noch durchkommen.«

Jetzt erst fand sie Zeit, sich ihrem Besuch zuzuwenden.

»Wir habe eine ganze Reihe Fragen an Sie, Frau Buck«, sagte Ivo. »Es wäre vielleicht das Beste, wenn wir das im Präsidium machten.«

»Im Präsidium?« Ärgerlich breitete sie die Arme aus. »Ich hab keine Zeit! Ich bitt Sie, schauen Sie sich um, wie's hier zugeht.« Sie wies auf die geschäftige Unordnung, die das Zelt umgab.

»Wenn Ihnen das lieber ist, können wir die Befragung auch hier durchführen. Fürs nächste Mal bringen wir Ihnen dann eine Vorladung mit«, sagte Ivo.

Johanna Buck antwortete mit einem Blick, den sie sich wahrscheinlich beim Umgang mit weißrussischen Bauarbeitern antrainiert hatte.

Franz versuchte es mit einem Bluff als Konter. »Sie waren vorgestern Abend in Trudering bei Hubert Serner«, sagte er. »Ein Zeuge hat Sie gesehen.«

Johanna Buck war leider überhaupt nicht beeindruckt. Sie lachte auf.

»Da täuscht sich Ihr Zeuge. Ich war *nicht* da. Ich kenn meine Termine«, sagte sie.

»Besitzen Sie eine Waffe?«, fragte Ivo.

Johanna Buck stöhnte genervt auf. »Sie sind ganz schön lästig«, sagte sie. »Ehrlich gesagt: Sie stören meine Kreise«, setzte sie im Ton eines Menschen hinzu, der es gewohnt ist, dass seine Anweisungen befolgt werden.

»Genau *so* soll's sein«, sagte Franz mit seinem gewinnendsten Lächeln.

Mit einem resignierten Seufzer wies sie auf den Eingang des Zeltes. »Also, bitte …«, sagte sie.

»Gern …«, antwortete Franz.

»Und ihr machts weiter, ja?«, kommandierte in sie in Richtung der Arbeiter, während sie schon auf den Eingang zumarschierte.

»Also, was kann ich für Sie tun?«, fragte sie forsch.

»Vielleicht gehen wir erst mal rein«, sagte Ivo.

Kabelbündel hingen von der Decke, zwei Männer in blauen Overalls standen auf einem Gerüst und befestigten Girlanden. Noch zusammengeklappte Biertische und -bänke lagen in großen Stapeln in der Mitte des Raumes. Das Licht war milchig vom Baustaub, der in der Luft hing. Hinter den Tresen werkelten Elektriker an der Küchentechnik, aber an der Wand daneben versprach bereits ein Schild täglich frische Weißwürste, das Stück zu sechzig Cent. Aber nur bis zwölf Uhr Mittag.

Johanna Buck knallte ihr Klemmbrett auf den Biertischstapel. »Wie Sie sehen: Mir san im Stress hier. Was wollen Sie noch von mir?«, fragte sie spitz.

»Besitzen Sie eine Waffe?«, fragte Ivo noch einmal. »Sie – oder Ihr Mann?«

Johanna Buck zuckte die Achseln. »Mein Mann hatte mal eine. Warum?«, fragte sie leichthin.

Ivo runzelte die Stirn. Er brauchte einen Moment, um das zu verdauen.

Franz sah ihn irritiert von der Seite an. Er hatte keine Ahnung, was an Johanna Bucks Aussage diese steilen Stirnfalten hervorgerufen haben könnte.

»Hat Ihr Mann einen Waffenschein?«, fragte Ivo endlich.

»Des fragen S' ihn am besten selber.« Johanna Buck klang nicht so, als kümmere sie diese Frage sonderlich.

»Sicher«, sagte Ivo.

»Aber Sie bestreiten weiter, vorgestern Abend bei Hubert Serner gewesen zu sein?«, fragte Franz.

Sie legte den Kopf ein wenig schief. »Sturer Hund, der Hubert. Sehr charmant, aber auch sehr stur. Und manchmal musste man ihn eben ein wenig … *zurechtstutzen* bei seinen Entscheidungen.« Ihre Miene wurde noch eine Spur arroganter. »Das hab ich getan. *Auch* im Namen mancher Kollegen«, sagte sie mit erhobenem Zeigefinger.

»Aber nicht im Namen von Xaver Neureuther«, stellte Ivo fest.

»Na, bestimmt *nicht* im Namen von Xaver Neureuther.« Sie stieß den Namen aus, als ekle er sie.

Diese unverhohlene Überheblichkeit ließ Franz den Kamm schwellen. »Sie nutzen Ihre Macht und Ihren Einfluss, wo Sie können, Frau Buck, hm?«, sagte er. »Glauben Sie, Sie können uns einschüchtern, indem Sie unseren Vorgesetzten anrufen? Glauben Sie, Sie genießen einen besonderen Status wegen der Wiesn? Weil Sie der Stadt Milliardengewinne verschaffen? Glauben Sie, das beeindruckt uns, Frau Buck?«

»Es beeindruckt uns nicht, Frau Buck«, sagte Ivo.

Der Blick, mit dem sie ihnen antwortete, war fast schon mitleidig. Ihr Zeigefinger schoss nach vorn.

»*Erstens*, Herr Leitmayr, Herr Batic: Die Gründe, warum der Herr Neureuther auf dem Oktoberfest nichts zu suchen hat, haben *nichts* mit Ihren Ermittlungen zu tun, garantiert nicht. *Zweitens*: Ich bin *nicht* Mitglied des Vergabeausschusses für die Lizenzen auf dem Oktoberfest. Und *drittens*: Reden Sie mit mir nicht wie mit jemandem, der illegale Ausländer beschäftigt, ja!«

Sie stützte sich mit einer Hand auf den gestapelten Biertischen ab, und offensichtlich entdeckte sie dort sofort einen Mangel.

»Herrgottsakrament, da steht scho wieder a Nagel raus«, sagte sie ärgerlich. »Vladi, bring amal an Hammer!«

Aber das hieß nicht, dass sie schon fertig gewesen wäre mit Batic und Leitmayr.

»So wie Sie denken übrigens viele Leute«, sagte sie, als habe es keine Unterbrechung gegeben. »Wir, die Wirte, die an Einfluss haben, wir würden uns die Lizenzen zuschachern. Oder heimlich Absprachen mit dem Oberbürgermeister oder sonstigen Politikern treffen. Glauben S' mer's: Welche Parteien im Rathaus das Sagen haben, des spielt für uns keine Rolle ... Was is denn jetzt mitm Hammer?«, keifte sie in das Zelt hinein, um dann sofort in ihrer Tirade fortzufahren. »Des ist Ihr kleinbürgerliches Denken: Sie ...«, Vladi brachte ihr einen Zimmermannshammer, »danke ... Sie trinken zwar gern zwei oder drei Maß Bier, essen a Hendl oder eine Leberkässemmel. Aber eigentlich finden Sie, wir zocken Sie nur ab. Hab i recht?«

Mit einem einzigen zielsicheren und heftig knallenden Schlag trieb sie den herausstehenden Nagel in die Bierbank hinein.

Franz nickte in einer Mischung aus Anerkennung und Nachdenklichkeit. Anerkennung für den sicheren Schlag und Nachdenklichkeit über die ein oder andere treffende Spitze in Johanna Bucks Vortrag.

»Dieses Volksfest, das hier stattfindet – übrigens, meine Herren: das *größte* Volksfest der Welt –, des erfordert von uns allen einen gewaltigen logistischen und finanziellen Einsatz, und wer den nicht bringt, geht unter. Und man kann sowieso net vor Ihrem Anspruch bestehen, vor Ihnen, den Gästen. Weil, *Sie* verlangen von uns ein total funktionierendes, bis ins kleinste Detail perfekt organisiertes Oktoberfest und net irgendeine billige Schießbudenveranstaltung.«

Sie warf den Hammer auf die Bank.

»Und, meine Herren, auch ich muss mich jedes Jahr neu bewerben«, endete sie.

Aber Ivo war nicht beeindruckt genug, um nun nachzugeben.

»Klappt das jetzt mit der Genehmigung für Ihren Biergarten?«, fragte er. »Ist es nach dem Tod vom Serner eher leichter oder eher schwieriger für Sie geworden, den Ausschuss zu überzeugen?«

»Eher weniger schwierig. Weil der Herr Eckl ist ja nur halb so stur wie der Hubert ... war.« Für einen Moment senkte sie den Blick, als gedenke sie des Verstorbenen. Aber als sie Ivo wieder ansah, stand böser Spott in ihrem Blick.

»Aber sagen S' doch mal, Herr Batic«, sagte sie mit maliziösem Unterton, »wenn Sie mich schon für so verdächtig halten, ist es dann eigentlich juristisch korrekt, wenn Sie nachts mit meiner Tochter ausgehen?«

Franz knallte die Tür des Bucksbräus mit aller Kraft hinter sich zu. Er kochte vor Wut.

»Du sagst, du bist müde und willst nach Hause, und dann triffst du dich mit der Evelyn Buck!«, brüllte er hinter Ivo her, der ein paar Meter vor ihm ging.

Ivos Antwort war kein bisschen leiser. »Ja! Ich wollt nach Hause, dann hab ich's mir eben anders überlegt!«

»Und triffst *zufällig* Evelyn Buck. Erzähl mir doch nix!«

Ivo blieb stehen. »Muss ich in Zukunft *dich* fragen, wen ich *zufällig* treffen will?«, schrie er.

»Du kannst ausgehen, wohin du willst und mit wem du willst, aber doch nicht mit einer *Zeugin*!« Franz schlug sich mit der flachen Hand ein paarmal vor die Stirn. »Mit einer verdächtigen schon gar nicht.«

»Ich hab eine *Befragung* durchgeführt!«, schrie Ivo.

»Befragung ...« Franz winkte verächtlich ab.

Ivo breitete die Arme aus. »Auf unkonventionelle Art eben!«

Franz lachte böse. »Ja, auf *unkonventionelle* Art. Willst du vorzeitig in Pension, auf unkonventionelle Art? Du bist suspendiert, wenn das rauskommt!«

»Was soll denn rauskommen?«, fragte Ivo beleidigt.

Die beiden umkreisten sich mittlerweile wie Boxer im Ring.

»Wenn's so harmlos war, wieso hast du's denn dann verheimlicht?«, fragte Franz.

»Ach ...!«, antwortete Ivo mit einer wegwerfenden Bewegung.

»Ach …«, äffte Franz ihn nach und wies mit großer Geste in die Runde. »Die Stadt ist *voller* junger Frauen, such dir woanders eine!«

»Haha!«, lachte Ivo triumphierend. »*Darum* geht's! Du findest sie zu *jung* für mich! Du bist *eifersüchtig*!«

Franz rang in gespielter Verzweiflung die Hände. »*Ja*, Liebling, ich bin *eifersüchtig*. Was haben diese jungen Dinger, was ich *nicht* hab, *Liebling*?«

»Das kann ich dir *schon* sagen«, maulte Ivo. »Ich *bin* gar nicht auf der Suche! Ich hab überhaupt keine *Zeit*, zu suchen! Weil ich mein ganzes Leben mit *dir* verbringen muss. Im Präsidium und da in diesem Auto!«

Sie stapften weiter in Richtung ihres BMW.

»Was war da eigentlich los, hä?«, fragte Franz in unverminderter Lautstärke. »Wieso hast du so komisch reagiert, als die Buck gesagt hat, sie haben eine Waffe im Haus?«

»Ich hab nicht komisch reagiert«, sagte Ivo scharf.

»Ich kenn dich seit zwanzig Jahren, du *hast* komisch reagiert!«, brüllte Franz zurück.

Sie hatten den Wagen erreicht.

»Ich kann ausgehen, mit wem ich will«, sagte Ivo beleidigt.

»Ich seh schon die Schlagzeilen«, Franz hob die ausgebreiteten Hände zum Himmel, »›Gigolokommissar verbrennt sich Finger an knusprigem Wiesnhendl‹.«

»Jetzt mach schon auf …« Ivo starrte ihn wütend an. »Und ich erinner mich an einen Fall im Kunstmilieu …«, sagte er, als er einstieg und die Tür zuwarf.

Es dauerte noch Minuten, bis Franz den Motor anließ und losfuhr. Er tat dies erst, als ihm die beiden behelmten Arbeiter auffielen, die vor dem Wagen stehen geblieben waren und amüsiert ihrer anhaltenden und gestenreichen Auseinandersetzung zusahen. Franz hoffte, dass die geschlossenen Wagentüren den Streit so gedämpft hatten, dass die Männer nichts hatten verstehen können. Oder dass es Weißrussen waren.

Seine Laune hatte sich nicht wesentlich gebessert, als er den BMW zwanzig Minuten später vor dem Bucksbräu-Biergarten einparkte.

Niklas Buck kniete hinter der Theke auf dem Boden, neben sich einen offenen Werkzeugkasten, und drehte Schrauben in ein lockeres Paneel der Tresenverkleidung.

Als Batic und Leitmayr mit einem grantigen »Grüß Gott« die Schwemme betraten, fühlte Buck sich sichtlich gestört. Allerdings waren momentan weder Ivo noch Franz in der Stimmung, auf irgendwelche Empfindlichkeiten Rücksicht zu nehmen.

»Sind Sie der Herr Buck?«, fragte Franz unfreundlich.

»Ja«, antwortete Buck, nur wenig freundlicher.

»Leitmayr, Mordkommission.« Franz hielt ihm seinen Dienstausweis vor die Nase. »Wir würden gerne Ihre Waffe überprüfen.«

»Waffe?« Buck sah ihn verständnislos an. »Welche Waffe? Ich hab keine Waffe.«

Aus der Küche kam Evelyn herein. Ihr Blick sollte vermutlich arrogant wirken, aber sie konnte ihre Unsicherheit nicht ganz überspielen.

»Mir ham keine Waffe im Haus«, sagte sie.

Ivo sah sie mühsam beherrscht an. »Ich muss mit ...«, er räusperte sich, »... mit Ihnen sprechen, Frau Buck.«

»Und *wir* unterhalten uns kurz draußen«, sagte Franz zu Niklas Buck.

Der richtete sich auf und warf ärgerlich eine Schraube in den Werkzeugkasten.

»Bittschön, suchen S' Eana an andern Deppen!«, sagte er. »Ich muss arbeiten, ich muss in den Großmarkt.«

»Kommen S' mit«, sagte Franz nur und fasste ihn am Oberarm. »Jetzt kommen S' halt mit!«, fauchte er, als Buck zögerte, und zog ihn hinter sich her in Richtung Biergarten.

»Kommst du bitte«, sagte Ivo zu Evelyn und ging zur Hintertür.

Sie folgte ihm widerstrebend in den Flur, dessen Wände komplett aus Wäsche- und Vorratsschränken bestanden.

»Evelyn, du hast mich angelogen«, sagte er, sobald sie allein waren. »Wo ist die Pistole?«

»Hier gibt's keine Waffe!«, sagte sie eilig. »Ich muss jetzt raus in den Garten.« Sie wandte sich um, aber er hielt sie fest.

»Dein Vater kriegt große Schwierigkeiten und deine Mutter auch. Sag mir, wo die Waffe ist!«

Ärgerlich versuchte sie, seine Hand abzustreifen.

»Wir stellen das ganze Haus auf den Kopf«, sagte er ungeduldig. »Und wenn das in die Presse kommt, dann kriegt deine Mutter *nie* eine Genehmigung für ihren Biergarten auf der Wiesn.«

Ihr Blick wurde wütend und ängstlich zugleich. »Na und?«, zischte sie. »Erst machst mit mir rum, aber in Wahrheit magst nur rumschnüffeln!«

Fassungslos sah er sie an. »Das stimmt doch gar nicht!«, sagte er und ließ ihren Arm los. Ohne ein weiteres Wort ging sie den Flur entlang und verschwand durch eine Seitentür.

Ivo schluckte. Dann schob er trotzig das Kinn nach vorn. Er hatte Franz nicht bemerkt, der aus der Gaststube den Flur betreten hatte.

Er machte eine spöttisch fragende Geste. »Bist du noch im Dienst?«

Ivo verdrehte die Augen, zog wortlos seinen Dienstausweis aus der Sakkotasche und wedelte damit in seine Richtung.

»Schön«, sagte Franz ironisch.

Die Seitentür öffnete sich wieder. Evelyn betrat den Flur und ging auf Ivo zu. Schweigend und mit steinerner Miene reichte sie ihm die Pistole ihres Vaters.

Niklas Buck saß mit beleidigtem Gesicht an dem Tisch direkt unter den Fenstern des Gasthauses, der dem Biergartenpersonal vorbehalten war.

Die Waffe steckte nun in einer durchsichtigen Plastikhülle. Ivo legte sie vor ihn auf den Tisch.

»Das ist *Ihre* Pistole, Kaliber neun Millimeter«, sagte er. »Haben Sie in letzter Zeit damit geschossen?«

»Ja … Ich baller schon mal damit rum …«, sagte Buck genervt.

»Sie ballern schon mal damit rum …« Ivo legte den Kopf schräg. »In Trudering?«

»Was?«, fragte Buck. Er schien die Frage nicht zu verstehen.

»Sie haben keinen Waffenschein«, stellte Franz fest.

Buck zuckte mit den Schultern. »Die hab ich schon seit einer Ewigkeit!« Offenbar machte das nach seiner Auffassung bürokratischen Schnickschnack wie einen Waffenschein überflüssig. »Was soll jetzt der ganze Aufwand? Ich *hab* auf den Serner net geschossen.«

»Vorgestern, in der Nacht zum Donnerstag?«, fragte Franz. »War Ihre Frau da zu Hause?«

Niklas Bucks Blick veränderte sich. Der verärgerte Ausdruck wich einer kühlen Nachdenklichkeit. Er wirkte plötzlich wie ein Mann, der in Ruhe seine Chancen abwägt.

»Nein«, sagte er endlich.

»Sind Sie sicher?«, fragte Franz.

Niklas Buck nickte entschlossen.

Evelyn stand an dem halb offenen Fenster des Gastraumes, sah durch die Gardinen hinaus in den Biergarten und lauschte. Die Männer vor dem Fenster hatten sie nicht bemerkt. »Sind Sie sicher?«, hörte sie den anderen Kommissar fragen. Als sie ihren Vater nicken sah, wandte sie sich fassungslos ab. Leise ging sie aus dem Zimmer und schloss vorsichtig die Tür hinter sich.

***

Franz bog auf den Parkplatz des Präsidiums, froh, den dichten Verkehr hinter sich lassen zu können. Die schwüle Wärme schien vielen Autofahrern mehr zuzusetzen als der Föhn.

»Wir besorgen uns eine Vorladung für alle drei«, sagte Franz. »Vater Buck, Mutter Buck und Evelyn Buck.«

Sie stiegen aus und warfen die Türen zu. Ivo trug die Tüte mit Niklas Bucks Waffe in der Hand.

Gemächlich überquerten sie den Parkplatz und gingen auf die beiden breiten Türen des Treppenhauses zu, durch die ein ständiger Strom von Menschen ein und aus ging: Kripobeamte, Uniformierte und Besucher in dichter Reihe.

»Du machst weiter mit den Neureuthers«, sagte Franz. »Und ich schau, ob die Kollegen Fridolin Zoll und seine Schwester hergebracht haben.«

Kurz bevor sie die Tür erreichten, zupfte Ivo den Kollegen am Ärmel. Franz blieb stehen und sah ihn an.

»Hör mal«, sagte Ivo. »Ich glaub nicht, dass Niklas Buck fähig ist, auf einen Menschen zu schießen.«

Franz verzog zweifelnd das Gesicht, aber Ivo war froh, dass sie zumindest wieder in Ruhe über die Arbeit reden konnten.

***

Timo Neureuther saß Ivo gegenüber in dem kleineren der Vernehmungsräume neben ihrem Büro. Neureuthers Gesichtsausdruck zeigte nicht allzu viel Kooperation.

»Am Mittwoch ham mer Ruhetag«, nuschelte er.

»Und was macht man als Wirt so, am Ruhetag?«, fragte Ivo.

Neureuther zuckte widerwillig die Achseln. »Vorgestern bin i mitm Radl an die Isar gfahrn, mit fünf oder sechs Kumpels.«

»Aber bei Stadtrat Serner waren Sie auch?«, fragte Ivo.

»Ja. In seinem Büro. Da bin ich später mit dem Radl hin, direkt von der Isar aus.«

»Aber Sie waren auch bei ihm zu Haus. Abends. Sie waren noch mal bei ihm, mit dem blauen Alfa«, sagte Ivo.

Neureuther schüttelte heftig verneinend den Kopf. »Na!«

Ivo hob die Augenbrauen. »Wie, na?«

»Na!«, wiederholte Neureuther. »Abends hab ich die Evi … die Evelyn Buck im ›Misfits‹ getroffen.«

»Wie sind Sie dahin gekommen?« Ivo versuchte, so unbewegt wie möglich zu bleiben, aber Neureuthers Blick zeigte, dass ihm das nicht gelang.

»Da bin ich mit der U-Bahn hingefahren«, sagte Neureuther.

Ivo tippte mit der Spitze seines Kugelschreibers auf die Tischplatte. »Sie wollten Evelyn Buck wieder einmal bitten, bei ihrer Mutter ein gutes Wort für Ihre Oktoberfest-Bewerbung einzulegen«, stellte er mehr fest, als dass er es fragte.

»Das auch«, sagte Neureuther mit spöttischem Unterton. Er stand auf. »So, jetzt muss i los.«

»Moment, bitte!«, blaffte Ivo ihn an, und Neureuther sank widerwillig auf den harten Besucherstuhl zurück.

»Wie lange waren Sie im ›Misfits‹?«, fragte Ivo.

»Bis um zwei … oder drei.« Neureuther machte eine vage Handbewegung. »Sie kennen die Kneipe, stimmt's?«, fragte er mit einem undeutbaren Lächeln.

Ivo gab sich so unbeeindruckt wie möglich. »Und Evelyn Buck war die ganze Zeit bei Ihnen?«

»Ja.« Neureuther lehnte sich auf seinem Stuhl zurück. »Die ganze Zeit.« Er klang ziemlich gleichgültig bei dieser Feststellung, aber immer noch stand dieser undeutbare Ausdruck auf seinem Gesicht.

Ivo lehnte sich weit zurück, er sah angestrengt zur Decke. »Das heißt, Ihr Vater hatte an diesem Abend den blauen Alfa«, sagte er zu Neureuther.

Der machte nur eine unbestimmte Geste. »Kann ich jetzt gehen?«, fragte er.

»Nein, Herr Neureuther«, antwortete Ivo. »Noch nicht.«

***

Herr Griesser trug dieselbe karierte Schiebermütze wie bei Franz' Besuch in Trudering am Vortag. Franz führte ihn auf die Ettstraße hinunter, wo Timo Neureuther tatsächlich einen Parkplatz für seinen Alfa Romeo gefunden hatte, keine fünfzig Meter vom Präsidium entfernt. Griesser betrachtete den blauen Wagen, schien jedoch etwas unschlüssig.

»Die Farbe kommt hin?«, fragte Franz. »Sie sind sicher …?«

Griesser nickte dienstfertig, aber seiner Miene zufolge wollte er sich lieber nicht festlegen.

Franz sah ihn freundlich an, aber eigentlich hätte er den Mann am liebsten gepackt und durchgeschüttelt.

Ein weiteres blaues Auto, ein Passat, fuhr vor und parkte zwanzig Meter weiter. Fast zeitgleich hielt gegenüber eine Jaguar-Limousine.

Ein bebrillter Herr in braunem Anzug stieg schwungvoll aus, in der Rechten einen Aktenkoffer. Er eilte auf den Passat zu, dem gerade Johanna Buck entstiegen war. »Morgen, Johanna«, sagte er mit geschäftsmäßigem Lächeln. »Grüß Sie …«

»Morgen …«, antwortete Johanna Buck ebenfalls geschäftsmäßig, aber ganz und gar nicht lächelnd. Sie kam zu Franz herüber.

»Ah, Frau Buck …« Er grüßte artig.

Johanna Buck wies auf den Mann hinter sich. »Dr. Hauser, mein Anwalt …«

Die beiden Männer begrüßten sich höflich distanziert.

»Der Herr Polizeipräsident erwartet uns«, sagte Johanna Buck zufrieden.

»Ja, davon hab ich schon gehört …« Franz lächelte sie an.

Herr Griesser hatte den Passat entdeckt und schlich interessiert um den Wagen herum.

»Ihr Mann bestätigt Ihr Alibi übrigens nicht, Frau Buck«, sagte Franz.

Dr. Hauser machte einen Schritt nach vorn und brachte sich in Position zwischen seiner Klientin und der Staatsmacht.

»Ein Alibi braucht man nur …«, hob er an.

»Ich hab ganz vergessen, Sie vorzustellen«, sagte Franz und wies auf den Mann mit der Schiebermütze. »Das ist der Herr Griesser, einer unserer Zeugen.«

»Griesser?« Die Hand des Anwalts fuhr auf der Suche nach einem Kugelschreiber in seine Innentasche. »Wie schreibt man das?«

»Das machen wir nachher«, sagte Franz beschwichtigend. »Sie gehen jetzt zum Polizeipräsidenten, und wir sehen uns dann im Kommissariat.«

»Ach übrigens …« Johanna Buck sah Franz mit der ganzen professionellen Arroganz an, die sie ihnen am Morgen schon ausgiebig demonstriert hatte. »Ich werde heut Nachmittag a Pressekonferenz abhalten, um klarzustellen, wie sehr Sie und Ihr Kollege versuchen, auf Kosten der Stadt einen Mordfall zu instrumentalisieren.«

Franz nickte verständnisvoll. »Das ist ein freies Land«, sagte er. »Sie können machen, was Sie wollen.«

»Kommen Sie, Johanna. Wir *regeln* das jetzt«, sagte der Anwalt, und die beiden gingen die Treppen zum Haupteingang des Präsidiums hinauf.

Franz sah ihnen kopfschüttelnd nach, dann wandte er sich wieder seinem Zeugen zu, der unschlüssig zwischen dem Alfa und dem Passat hin und her sah.

»Also, Herr Griesser, sind Sie sich sicher mit dem Wagen?«, fragte Franz betont munter. »Oder war's vielleicht doch *der*?« Er wies auf den Passat.

Griesser legte sein Gesicht in gequälte Falten, als er so unversehens um eine Festlegung gebeten wurde. Aber dann entdeckte er etwas. Er hob den Zeigefinger und wies entschlossen auf einen Wagen, der in Franz' Rücken auf dem Parkplatz des Präsidiums stand.

»Der da?«, fragte Franz, und Herr Griesser nickte begeistert.

»Nein«, sagte Franz mit dem letzten Quäntchen Geduld, das er noch zusammenkratzen konnte. »Der war's nicht. Des is ein Polizeiauto. Des is unserer.«

»Des gibt's doch net, Kollegen!«, brüllte Carlo ins Telefon, als Franz das Büro betrat. Carlo redete so heftig, dass Timo Neureuther es hinter der Glaswand wahrscheinlich genauso gut hören konnte wie das Gebrüll seines Vaters nebenan. Aber im Moment war Carlo das offensichtlich egal. Dafür war er zu sauer.

»Dann müssts halt zwei Leut zur Überwachung abstellen … Nein, für a offizielle Genehmigung ham mir koa Zeit! *Machts* es einfach, *bitte*, *machts* es! Ja, *danke*!« Er knallte den Hörer auf die Gabel.

»Was isn los?«, fragte Franz, nachdem er Carlo hatte durchatmen lassen.

Carlo machte eine abfällige Handbewegung. »Ach, die Kollegen von der Streife finden die Gschwister Zoll net. Die Halle, wo des Karussell steht, ist abgsperrt, und in der Wohnung is niemand.«

»Die brauch mer aber.« Franz ging zu seinem Schreibtisch und wühlte im Ablagekorb.

»Was suchst?«, fragte Carlo.

»Das erste Protokoll vom Griesser ...«, murmelte Franz.

Carlo ging zurück zu seinem Platz und holte einen gelben Aktendeckel.

»Die Buck hat ihren Anwalt mitbracht«, sagte Franz.

»Vielleicht braucht s' den, wenn s' zum Chef muss!« Carlo legte Franz den Aktendeckel auf den Tisch. »Schau lieber mal hier rein ...«

»Ist des der neue Bericht von der Spurensicherung?«, fragte Franz.

»Genau«, antwortete Carlo. »Also, die ham natürlich jede Menge Fußabdrücke rund um den Teich vom Serner gfunden, außerdem stand das Auto von der Johanna Buck vor der Tür. Meint dein Zeuge.«

»Der Zeu...« Franz seufzte tief und sah zur Decke, dann machte er eine heftige wegwerfende Geste. »Der Zeuge, der is ... den ... der ...« Er brach hilflos ab und wedelte mir der flachen Hand vor seinem Gesicht herum.

Carlo sah ihn mitleidig an und nickte verständnisvoll.

»Und selbst wenn des Auto da war«, sagte Franz ärgerlich, »wer sagt, dass auch wirklich die Buck dringsessen is?«

»Die ham immerhin auch Abdrücke Größe 38 beim Serner gfunden. Könnten von einer Frau stammen«, versuchte Carlo ihn zu trösten. »Und es gibt jede Menge nicht ausgewerteter Fingerabdrücke aus dem Haus.«

Franz winkte ab, aber Carlo weigerte sich, zu resignieren.

»Also, der Serner hat viel Besuch ghabt, und die Putzfrau war net sonderlich gut, Gott sei Dank.«

»Ja … Aber was nützt uns des, wenn wir die Spuren nicht zuordnen können?« Franz warf den Untersuchungsbericht wütend auf seinen Schreibtisch. »Carlo, schau, dass du die Geschwister herbringst!«, sagte er. Bevor er aus dem Zimmer ging, zeigte er noch auf die Glasbausteinwand, hinter der immer noch Timo Neureuther saß. »Und pass auf, dass der da nicht durchdreht.«

***

»Hier bitte!« Xaver Neureuther starrte wutentbrannt auf seine Finger. »Schauen S' Eana die Finger o! Da!«

Er hielt Ivo seine tintenbeschmierten Hände vors Gesicht. Ivo dirigierte ihn über den Flur, an der Tür vorbei, hinter der sein Sohn saß, zum nächsten Vernehmungszimmer.

»Schauen S' Eana die Finger o!«, wiederholte Neureuther lautstark.

Ivo schloss die Tür des Raumes hinter ihnen und wies auf einen der Stühle. »Setzen S' Eana, Herr Neureuther«, sagte er ruhig.

Aber der alte Wirt hatte keinesfalls vor, sich beruhigen zu lassen. Er war außer sich.

»So eine Sauerei! Von wegen Fingerabdrücke. Von mir wern Sie da sowieso koane finden!«

Immerhin nahm er auf dem Stuhl Platz.

»Sie waren in der Mordnacht bei Hubert Serner«, sagte Ivo. »Sie haben ihn bedroht, Sie haben Ihre Waffe auf ihn gerichtet …«

»Ich hab keine Waffe mehr!«, zischte Neureuther. »Fragen S' doch mein' Sohn!« Heftig fuchtelte er mit seinen Tintenfingern in Ivos Richtung. Die grauen Augen hinter den randlosen Brillengläsern funkelten empört. »Sie wissen ja gar net, was Sie uns antun, wenn Sie uns hier antanzen lassen! Sie beschmutzen eine ganze Branche, Herr Dings …«

»Batic«, ergänzte Ivo.

»Was?«, blaffte Neureuther.

»Batic«, wiederholte Ivo geduldig.

Xaver Neureuther wuchtete sich von seinem Stuhl hoch, die geballten Fäuste auf die Tischplatte gestemmt, dass die Knöchel weiß wurden.

»Mein Sohn ist ein Riesentalent! Und Sie ruinieren uns hier!«, schrie er Ivo an. Er beugte sich wütend nach vorn. »Sie machen unsere Zukunft kaputt, genauso wie dieser arrogante korrupte Stecher Serner! Der legt die Frauen reihenweise um … und nebenher unterschreibt er Todesurteile.«

Er wandte den Kopf, als sich die Tür öffnete und Franz hereinkam, aber weder unterbrach er seine Tirade, noch dämpfte er seine Lautstärke.

»Ah. No so oaner! Des ist praktisch!« Der Zeigefinger seiner rechten Hand stieß nach vorn. »Dann horchts amal zu, ihr zwoa: Dass der Serner tot ist, ist mir wurscht. *Wurscht!* Als meine Frau noch gelebt hat …«

Es war, als weckten diese Worte ihn auf, als käme er zur Besinnung – kurz zumindest. Langsam sank er zurück auf seinen Stuhl und sprach deutlich leiser weiter.

»Als meine Frau noch gelebt hat, da ist der herganga und hat ihr den Hof gmacht. Is um sie rumscharwenzelt. Der Serner.«

Als würde schon die Erwähnung dieses Namens reichen, den kurzen Moment der Besinnung wieder zu beenden, malte er mit dem Finger wütende Kringel auf den Tisch, um das Serner'sche Scharwenzeln zu illustrieren.

»Des macht der bei jeder! Aber bei meiner Frau …« Wieder war es der Gedanke an seine Frau, der ihn halbwegs beruhigte. Es war nicht zu übersehen, wie sehr dieser Mann trauerte und wie sehr diese Trauer ihn verbittert hatte. Er würde seinen Hass auf die Welt wohl mit ins Grab nehmen.

»Wir waren ja kurz davor, die optimale Punktzahl zu kriegen, dass wir auf die Wiesn dürfen. Und dann, wie sagt man so schön …«, er sah zur Decke empor und breitete die Hände aus; provozierend, wütend auf das Unheil, das von oben über ihn gekommen war, hob er die Stimme, »… hat der Herrgott beschlossen, dass sie sterben muss!«

Er senkte den Blick wieder auf die Tischplatte.

Ivo fragte sich, ob Neureuther glaubte, zu weit gegangen zu sein – oder ob er innerlich mit seinem Herrgott längst abgeschlossen hatte.

Neureuther fuhr fort, leiser jetzt, seine Worte mit tintenschwarzen Fingern unterstreichend.

»Und der Serner? Der Serner hat gedacht, er is auch so was wie ein Herrgott. Dabei war er bloß ein blöder Stecher. Aber jetzad … jetzt is ausgstocha!«

Zum ersten Mal, seit Ivo ihn kannte, erschien so etwas wie ein Lächeln auf Xaver Neureuthers Gesicht, aber es war ein sehr böses.

Ivo konnte sich des Gefühls nicht erwehren, dass dieser Mann einmal ein ganz anderer gewesen war. Seine Züge entsprachen nicht dem Wesen, das seine Worte enthüllten. Wahrscheinlich war er bis zum Tod seiner Frau ein liebender Ehemann und Vater gewesen. Und ein guter Wirt.

Franz stand neben dem Tisch. Im Vergleich zu Ivo hatte er Neureuthers Ausbruch ziemlich ungerührt zugehört.

»Am Mittwochabend sind Sie zum Serner gfahrn, haben ihn geschlagen …«

»Ich?« Neureuther sah ihn ungläubig an und schüttelte den Kopf. »Ich war daheim, den ganzen Nachmittag, den ganzen Abend. Ich hab mir alte Fotos angschaut … Warum fragen S' nicht mein' Sohn, der hat bei mir no mal reingschaut, als er das Auto zurückgebracht hat.«

Ivo merkte auf. »Wann hat er das Auto zurückgebracht?«, fragte er.

Neureuther zuckte die Schultern und breitete fragend die Arme aus. »Was weiß ich? Halb neun … neun?«

***

Timo Neureuther saß schief auf dem Stuhl, den rechten Ellbogen hinten auf die Rücklehne gelegt, den linken auf der Tischplatte. Er starrte stumm auf die beiden billigen Kunstdrucke, deren helle Farbigkeit das Grau der Wand noch grauer machte.

»Sie haben also doch den Alfa benutzt am Mittwoch, Herr Neureuther«, sagte Ivo. »Wo waren Sie mit dem Wagen?«

Neureuther starrte unbewegt weiter auf die Bilder, als habe Ivo gar nicht mit ihm gesprochen.

»Sie waren bei Hubert Serner, richtig? Bevor Sie Evelyn Buck getroffen haben«, sagte Franz, aber auch das veranlasste Neureuther nicht zu irgendeiner Reaktion.

»Erzählen Sie uns, was Sie da gemacht haben.« Franz begann, im Raum auf und ab zu gehen. Ivo hatte sich auf die Fensterbank gesetzt.

»Lassen Sie sich Zeit«, sagte Franz. »Möchten Sie einen Kaffee?«

Neureuther blieb unverändert reglos auf seinem Stuhl sitzen und schwieg weiter.

»Also nicht«, stellte Franz fest.

»Sie haben den Wagen vor dem Haus geparkt«, sagte Ivo, ohne seinen Platz am Fenster zu verlassen. »Sie haben geklingelt, Herr Serner hat Sie reingelassen, und Sie haben ihm Ihren Standpunkt klargemacht … wieder mal.«

Nun kam wenigstens eine kleine Bewegung in Neureuthers verdreht dasitzenden Körper, fast, als wache er auf.

»Ich hab ihm eine reinghauen«, sagte er endlich. »Mit der Faust.«

»Ach?« Diese Aussage brachte Ivo dazu, von der Fensterbank zu rutschen.

»Und dann?«, fragte Franz.

»Hab ich ihm no mal eine reinghauen«, sagte Neureuther auf eine Art, als wäre das die einzige Möglichkeit für ihn gewesen. Als hätte es gar keine Alternative gegeben. Timo Neureuther *musste* Hubert Serner eine reinhauen an diesem Abend.

»Und dann haben Sie geschossen«, stellte Franz fest.

Neureuther verzog das Gesicht.

»Mit *was* denn?« Er schüttelte den Kopf. »Ich wollt doch bloß, dass er am Boden liegt. Dass er winselt wie a Hund. Ich wollt sehen, dass er Angst hat … vor mir, vor unserer Familie.«

»Was war dann?«, fragte Franz.

»Dann bin i weg.« Zum ersten Mal während des Verhörs sah er Franz direkt an. »Sonst hätt ich ihm vielleicht no mal eine reinghauen. Und das hätt er *nicht* überlebt.«

Ivo beugte sich über den Tisch. »Und wo ist die Pistole, für die Ihr Vater einen Waffenschein hat?«, fragte er.

Neureuther stöhnte genervt auf und rieb sich die Stirn. »Die hat der doch gar nimmer!«

Franz trat neben ihn und sah auf ihn hinunter. »Wir lassen die Wohnung und das Lokal durchsuchen, Herr Neureuther, und wir werden die Waffe finden.«

Timo Neureuther sah wieder zu den Bildern hinüber. Lange Sekunden wirkte er, als sei er zu müde, etwas zu sagen.

»Das glaub ich *nicht*, dass Sie die finden«, sagte er dann endlich. »Die hab ich nämlich vor zwei Jahren eigenhändig im Starnberger See versenkt. Kurz nach dem Tod von meiner Mutter.«

Ivo warf Franz einen Blick zu. Der zuckte die Achseln.

»Ich hab Angst ghabt, dass sich der Papa was antut. Die ist weg, die Pistoln«, sagte Neureuther und sah Franz in die Augen. »Gott sei Dank«, setzte er noch hinzu.

***

Der Wind kündigte schon den Herbst an, so wie er in die Kronen der Kastanien in dem kleinen Park fuhr, aber weder Ivo noch Franz hatten einen Sinn für die Umgebung, in der sie ihre Mittagspause verbrachten. Beide teilten ihre Aufmerksamkeit gleichmäßig zwischen ihrem Gespräch und den Leberkässemmeln, die ihre Mahlzeit darstellten, auf.

»Dieser Nachbar mit dem dämlichen Hut«, sagte Ivo mit halb vollem Mund, »den kannst du als Zeugen vergessen, der sieht immer nur blaue Autos, sonst nichts.«

»Wenn das stimmt, dass der Timo wirklich nur zugeschlagen hat, dann gibt's einen zweiten Täter«, sagte Franz. »Und zwar einen, der nach dem Timo kommt, auf den verletzten Serner schießt und ihn dann ins Wasser wirft«, sagte er und biss in die Semmel.

»Zwei Täter, zwei Fahrzeuge. Zwei blaue Autos haben wir ja schon.« Ivo lachte, wickelte das Papier von seiner Semmel und knüllte es zusammen. Dann sah er sich um, fand aber keinen Mülleimer. Widerwillig steckte er es in die Jackentasche.

»Wenn die Suche nach der Waffe bei den Neureuthers nicht doch noch was anderes ergibt ... Bleib mir fei bloß mit der Semmel weg ...!«, sagte Franz, als er Ivo direkt neben seinem Revers zubeißen sah.

»Was denn?« Ivo klappte demonstrativ die Semmelhälften auseinander. »Da ist kein Senf drin.«

»Der Serner hatte einfach zu viel Besuch«, sagte Franz missmutig.

Eine Weile gingen sie vor der kleinen Treppe vom Park zur Straße auf und ab, inmitten von eiligen Hausfrauen mit Einkaufstaschen und gelangweilten Schülern mit teuren Handys.

Ivo nahm sich ein Herz und startete einen Befriedungsversuch.

»Hör mal …«, sagte er. »Die Sache mit der Evelyn … Manchmal kann man sich einfach nicht wehren …«

Franz winkte mit der Semmel in der Hand ab. »Kommt jetzt wieder die Leier mit dem mediterranen Blut, oder was …?«

»Ja. *Du* kannst dich schon wehren, du bist ja ein bajuwarischer Willensmensch …«, sagte Ivo mit einer großzügigen Geste.

»Ich weiß«, antwortete Franz trocken.

Ivo entdeckte endlich einen Abfalleimer und warf sein Semmelpapier hinein.

»Ich hab sie tatsächlich nach der Waffe gefragt, aber sie hat mich angelogen. Warum …?« Er hob ratlos die Hände.

Es sollte lässig aussehen, aber in Wahrheit war diese Frage so angenehm wie ein Mückenstich am Allerwertesten. Glaubte Evelyn, dass ihre Mutter auf Serner geschossen hatte? Oder ihr Vater? Oder glaubte sie es nicht, sondern wusste es?

»Die Pistole ist noch im Labor«, sagte Franz. »Aber dass sie uns die Waffe gegeben hat, muss ja nichts heißen. Vielleicht gibt es ja noch eine.«

»Das krieg ich schon raus«, sagte Ivo und sah dabei so finster entschlossen drein, dass Franz ein Grinsen unterdrücken musste.

»Vielleicht diesmal auf konventionelle Art?«, fragte er kauend.

Als Antwort erntete er nur einen Blick, den er für sich als glatten Punktsieg verbuchte. Er beschloss, das Thema ruhen zu lassen. Solange Ivo nicht wieder Mist machte.

»Wo war eigentlich ihre Mutter in der Nacht?«, fragte er laut.

***

»Ich werde Ihnen *gar* nichts mehr sagen.« Die Arroganz in Johanna Bucks Lächeln bekam etwas mitleidig Gnädiges, als sie Leitmayr musterte, der hinter seinem Schreibtisch saß. »Und das *muss* ich auch nicht, darin sind der Herr Polizeipräsident und wir uns einig, gell?«

Sie wandte sich kurz zu ihrem Anwalt um, der hinter ihr stand.

Herr Dr. Hauser nickte und versuchte gleichzeitig konziliant zu wirken. Seine professionelle Sicht auf die Gesamtsituation schien ein wenig realistischer als die seiner Mandantin.

»Verstehen Sie uns nicht falsch, Herr Leitmayr«, sagte er. »Frau Buck ist selbstverständlich zu *jeder* Aussage bereit, die Ihnen bei Ihren Ermittlungen weiterhilft. Aber Ihre Ermittlungen *betreffen* meine Mandantin gar nicht.«

Franz lächelte verständnisvoll. »Herr Dr. Hauser, normalerweise ist es so: Man ermittelt zunächst mal … und erst *dann* stellt sich raus, wer durch diese Ermittlungen betroffen ist. Das ist sozusagen das *Wesen* von Ermittlungen.«

»Das ist doch Unsinn«, sagte Johanna Buck scharf. »Sie *wissen*, dass ich den ganzen Abend zu Hause war, und zwar so circa ab neun Uhr.«

Franz schüttelte bedauernd den Kopf. »Nein. Sie waren *nicht* zu Hause, jedenfalls nicht nach Aussage Ihres Mannes.«

Die Tür des Büros wurde geöffnet.

»So, Herr Buck, kommen Sie bitte rein«, sagte Ivo. Hinter ihm betrat Niklas Buck das Zimmer. »Wiederholen Sie doch bitte, was Sie mir grade gesagt haben. Nämlich dass Ihre Frau in der Mordnacht nicht zu Hause war.«

Niklas Buck trug Weste und Krawatte unter der Trachtenjacke und trat in den Raum wie ein Mann, der wusste, was er tat.

»Gell, da schaugst«, sagte er zu seiner Frau, die ihn einigermaßen fassungslos ansah.

»Grüß Gott, Herr Dr. Hauser«, ergänzte Buck in einem Ton, der klarmachte, was er von dem Anwalt hielt. Nämlich nichts.

Hauser grüßte freundlich zurück – vorsichtshalber, wie die hektischen Blicke vermuten ließen, die er zwischen seiner Mandantin, den Polizisten und dem so unvermutet auftauchenden Belastungszeugen hin und her fliegen ließ.

»Niklas!« Johanna Buck war nicht gewillt, sich in die Defensive drängen zu lassen. »Hast du wieder was getrunken? Hör auf!«

Buck steckte mit zufriedener Miene die Hände in die Taschen seiner Trachtenjacke. »Is scho nix mit dem Biergarten«, sagte er. »Trotz Marketing und permanenten Wiesn-Camorra-Treffen.« Er wandte sich an den Anwalt, der mittlerweile hektische Flecken im Gesicht hatte. »Was is da gscheng, Herr Dr. Hauser? Ja derf denn so was passiern?«, fragte Buck mit einem bösen Lächeln.

Johanna Buck fuhr zu Franz herum. »Bringen Sie meinen Mann hinaus«, bellte sie und dann zu Dr. Hauser: »Ferdinand, sag ihm, er soll den Mund halten!«

Der plötzlich so hilfesuchend geduzte Anwalt teilte den Wunsch sichtlich, war sich aber natürlich im Klaren, dass dessen Erfüllung außerhalb seiner Möglichkeiten lag.

Franz lehnte sich zurück und lauschte interessiert. Niklas Buck genoss seine offensive Rolle sichtlich, und weder Franz noch Ivo hatten vor, ihn darin zu stören.

»Hast du auf eam gschossen, Hanni?«, fragte Buck. »Oder hast die Evelyn vorgeschickt?« Erklärend wandte er sich an die Kommissare. »Immer wenn's kritisch wird, packt sie die Psychonummer aus.« Aus seiner Stimme troff Hohn. »Da hat dann immer die Evelyn den Serner umgarnen müssen … Ihren *Vater.*«

Leitmayrs Kinn klappte nach unten, und der verständnislose Blick, den er Ivo zuwarf, wurde entsprechend beantwortet.

Johanna Buck sah für eine Sekunde zum Fenster hinaus, bis sie ihre Fassung wiedergefunden hatte.

»Du bist nur peinlich«, zischte sie ihrem Mann zu und rauschte ohne ein Wort der Verabschiedung aus dem Büro.

Ihrem Anwalt blieb nur, ihren Rückzug zu decken. »Auf Wiedersehen zusammen«, sagte Hauser betont höflich. »Wir stehen Ihnen *natürlich* weiter zur Verfügung.« Unter mehrfachem Dienern verließ er im Rückwärtsgang den Raum.

»Evelyn ist die Tochter von Hubert Serner?«, fragte Ivo, sobald die Tür hinter den beiden zu war.

Hinter ihm war Carlo aus seinem Zimmer gekommen, er stand mit verschränkten Armen in der Durchgangstür; sein Ausdruck war mindestens so ungläubig wie der seiner Kollegen.

Niklas Buck schien wenig daran zu finden, Familiengeheimnisse auszuplaudern.

»Ja und?«, fragte er achselzuckend. »Des weiß doch keiner. Ich mein, die Evelyn weiß es natürlich schon ... Na ja, also ...«

Ivo starrte ihn sehr unfreundlich an, und so wandte Buck sich an Franz, bei dem er wohl mehr Verständnis erwartete.

»Ich hab die Hanni gheiratet, wie sie schwanger gwesen is«, sagte er. »Der Mann war weg, er wollt nix mehr von ihr. Hinterher sans dann wieder zammakomma. Also ... gschäftlich. Er hat bei der Stadt Karriere gmacht und meine Frau auch ... irgendwie ...«

Von der Selbstsicherheit, mit der er eben noch seine Frau angegangen war, war binnen weniger Momente fast nichts mehr übrig. Sein Blick war plötzlich nervös und fahrig.

»Kann i jetzt a Bier ham?«, fragte er.

Franz glaubte, nicht richtig gehört zu haben. »Herr Buck, mir san doch hier net im Zirkus!«, sagte er heftig. »War Ihre Frau jetzt zu Hause in der Mordnacht, ja oder nein?«

Buck wich seinem Blick aus. Er sah zu Ivos Schreibtisch und grinste dümmlich. »An Haufen Schreibkram habts ja da umeinander«, sagte er anerkennend. Sein Blick huschte nervös durch den Raum und versuchte dabei, denen der drei Polizisten auszuweichen. Nach ein paar Sekunden knickte er ein.

»Aja«, sagte er in jovialem Ton, als sei das doch selbstverständlich, »sie war daheim.«

Franz fiel mit einem ungläubigen Stöhnen in seinen Stuhl.

»Sie war in ihrem Büro, stundenlang. Sie war nicht weg«, erklärte Niklas Buck.

Ivo hob die Hände in einer Mischung aus Hilflosigkeit und dem Wunsch, den Mann zu würgen. Carlo zog sich kopfschüttelnd an seinen Schreibtisch zurück. Er war froh, für diesen Schlamassel nicht die Verantwortung tragen zu müssen.

Franz und Ivo sahen sich schweigend an. Ihre Situation hatte sich wahrlich nicht verbessert. Hoffnung gab allein die Vermutung, dass Johanna Buck kein Interesse daran haben konnte, das Wissen über den leiblichen Vater ihrer Tochter weiter zu verbreiten als unbedingt nötig.

Anscheinend hatte Niklas Buck das Gefühl, dass die Situation nach einer Erklärung verlangte, und so versuchte er, diese auch zu liefern.

»I bleib in meim Austragshäusl«, sagte er mit einer entschiedenen Geste. »Und die Evelyn, die arbeit bei mia. Von mei Gäst wirds nämlich net so oglangt als wia von de Zammagsuffana draußn auf der Wiesn.«

Franz sah ihn verständnislos an. *»Was?«*, fragte er.

***

Renée Zoll trat aus der Küche des kleinen Apartments und sah ihren Bruder sorgenvoll an. Er stand am Fenster und schaute hinunter auf die Theresienwiese, wo der Aufbau der Zelte in vollem Gange war. Die Schausteller würden erst später kommen, es war ja noch August. In zwei Wochen würde die Achterbahn den Anfang machen. Aber die Zelte brauchten länger. Sie waren riesig und breiteten sich jedes Jahr weiter aus.

Renée wünschte sich, sie hätten damals eine andere Wohnung genommen, irgendwo weiter draußen vielleicht. Diese hier war mittlerweile auch viel zu teuer, so nah an der Theresienwiese. Sie war teuer, obwohl das vielstöckige Apartmenthaus dringend eine Renovierung nötig gehabt hätte. Insgeheim studierte sie schon lange die Mietangebote in der Zeitung, aber bisher war nichts dabei gewesen, was sie Fridolin hätte zeigen können.

Denn es war gerade der Blick auf die Wiesn gewesen, der ihren Bruder so begeistert hatte. Sie hatten ja beide nicht ahnen können, dass sie schon im Jahr darauf aus den obskuren »Punkterängen« rutschen würden, über die sie sich bis dahin noch nie Gedanken gemacht hatten.

Wie schon für seinen Vater war das Karussell für Fridolin der Inbegriff von Tradition. Für ihn hatte jedes Fest und jeder Jahrmarkt immer um ihr Karussell herum stattgefunden. Es war der natürliche Mittelpunkt von allem.

Und nun fand die Wiesn schon im fünften Jahr ohne sie statt. Und ihr Bruder starrte zum fünften Mal hinunter und konnte es nicht verstehen. Sie sah, wie er den Flachmann aus der Tasche nahm und einen Schluck trank.

Es ist wegen der Zahnschmerzen, dachte sie. Fast zwei Stunden hatte er auf dem Stuhl gelegen beim Zahnarzt. Ausgraben mussten sie den Zahn. Bis eben hat er noch Blut gespuckt. Er trinkt nur wegen der Zahnschmerzen.

Aber sie wusste, dass sie sich nur selbst belog. Langsam ging sie zu ihm und legte ihm die Hand auf die Schulter.

»Geht's besser?«, fragte sie leise.

Er blickte starr hinunter auf das Hofbräuzelt mit seiner Schlossfassade und der goldenen Krone.

»Heut Abend geh ich mich besaufen«, sagte er, als habe er sie gar nicht gehört.

Sie lehnte den Kopf an seine Seite. Wie sehr sie sich wünschte, ihm wieder Hoffnung geben zu können.

»Ich wollt was für uns kochen, Fridl«, sagte sie.

»Ich kann doch eh nix kauen«, murmelte er und senkte den Kopf.

Nach langen Sekunden drehte er sich endlich zu ihr um. Er nahm sie in den Arm, hielt sie fest. Gemeinsam standen sie da und sahen hinunter auf das, was einmal der Mittelpunkt ihres Lebens gewesen war.

Über der Theresienwiese begann die Dämmerung.

***

»Drei Helle, ein Dunkles, zwei Weißbier«, sagte Hannes und räumte die leeren Krüge vom Tablett auf die Spüle.

Niklas Buck stand am Zapfhahn und füllte routiniert die Gläser: zügig, mit genau der richtigen Menge ordentlich stabilen Schaums. Hier machte ihm keiner was vor. Das war sein Reich.

Als er die vollen Gläser auf das Tablett stellte, sah er Johanna in der Tür zum Biergarten stehen. Es kostete ihn viel Kraft, den Blick nicht zu senken. Aber er sah seiner Frau in die Augen, seiner Frau, die ihm so fremd geworden war, die ihn als Säufer verachtete, die ihn für einen Schwächling hielt; die Mutter von Evelyn, deren Vater er nicht war.

Johanna Buck stand schon eine Weile dort in der Tür

und hatte ihren Mann bei seiner Arbeit beobachtet. Nun sah sie ihm in die Augen und las darin seine Gedanken – und seine Gefühle. Sie hatte ihn zur Rede stellen wollen, aber nun sprach sein Blick so viel Wahres, dass sie ihm kaum standhalten konnte. Ja, sie hatte ihn für einen Schwächling gehalten, tat es vielleicht immer noch, aber er war doch ihr Mann. Sie hatte ihn geheiratet. Er hatte sie genommen, damals, als ihre Lage so verzweifelt gewesen war, hatte alles verstanden und verziehen, hatte Evelyn wie ein eigenes Kind akzeptiert und großgezogen.

Es stand ihr nicht zu, ihn zu verurteilen. Sie senkte den Blick.

Als Hannes das Tablett zur Tür trug und sie ihm Platz machen musste, nutzte sie die Gelegenheit: Sie drehte sich um und ging in den Biergarten hinaus.

Niklas Buck stand allein hinter seiner Theke und sah ihr nach.

***

»Lass uns ein bisschen die Füße vertreten«, hatte Franz gesagt, und Ivo hatte eingewilligt. Sie brauchten beide frische Luft, vor allem für ihre Gehirne. Sie hätten auch jeden anderen Weg nehmen können, aber es war irgendwie selbstverständlich gewesen, dass sie nach einer halben Stunde am Wiesneingang gegenüber der Uhlandstraße rausgekommen waren.

Sie überquerten die große, öde Fläche hinter den großen Zelten. Ivo sah zum Himmel, an dem sich immer mehr graue Wolken ballten. Am Abend würde es wohl ein Gewitter geben.

»Hat der Carlo des überprüft mit dem Zahnarzttermin heut früh?«, fragte Franz.

»Ja«, sagte Ivo. »Der Arzt hat ihn tatsächlich für heute für nicht vernehmungsfähig erklärt. Wegen der Spritzen.«

»Den ganzen Tag? So einen empfindlichen Eindruck hat der gar nicht gemacht auf mich«, sagte Franz ironisch.

»Auf mich auch nicht«, sagte Ivo. »Aber die Zolls sind schon um acht in die Praxis, der Arzt hat irgendwie operieren müssen, und dann sind sie erst um zwei Uhr nachmittags rausgekommen. Die haben vier Stunden gewartet …«

»Klingt nicht nach Vorzugsbehandlung«, sagte Franz.

»Wieso Vorzugsbehandlung? Schausteller und Kassenpatient. Was für Privilegien werden die haben?«

»Also vernehmen wir die morgen«, sagte Franz mit einem verdrossenen Nicken.

»Die Kollegen haben den beiden gesagt, sie sollen die Wohnung nicht verlassen, bevor wir mit ihnen gesprochen haben«, sagte Ivo.

Er sah sich überrascht um, als auf einmal irgendwo in der Nähe ein Vogel laut zu singen begann.

»Was is'n des?«, fragte er und sah nach oben.

»Keine Ahnung«, nuschelte Franz und sah sich ebenfalls um.

Sie hatten den breiten Weg zwischen den Zelten erreicht, und der wild zwitschernde Vogel wurde nicht leiser.

Plötzlich sah Ivo den Kollegen an. »*Du* bist des!«, sagte er.

Franz lachte, holte einen kleinen Gegenstand aus dem

Mund und hielt ihn Ivo auf der flachen Hand hin. »Das ist ein Vogelpfeiferl. Kennst des net?«, fragte er.

»Nein«, antwortete Ivo. Er sah das Ding mit gerunzelter Stirn aufmerksam an, sparte sich aber, das speichelfeuchte, gezackte Stück Pappe mit dem kleinen Metallring anzufassen.

»Das gibt's nur hier auf der Wiesn«, erklärte Franz, der geborene Münchener, Ivo, dem Gastarbeiterkind. »Meine Oma hat mir früher immer eins gekauft. *Eins*. Beim Vogeljakob. Die halten aber nicht lang. Und ich hab immer versucht, das ganze Jahr damit auszukommen, das hat nie funktioniert.«

Sie waren nun mitten im Getümmel des Aufbaus zwischen den Zelten.

»Und wo hast des Ding jetzt her?«, fragte Ivo.

»Letztes Jahr hab ich zehn gekauft«, sagte Franz stolz. »Neun hab ich noch«, fügte er dann etwas kleinlaut hinzu.

Er sah sich um und deutete auf eine freie Fläche hinter dem Spaten-Zelt. »Da hat immer meine Lieblingsgeisterbahn gestanden«, sagte er.

Ivo lachte. »Geisterbahn! Davor gruselt sich heut kein Kind mehr.«

»Da magst recht haben«, murmelte Franz. »Heut brauchst eine mit Ego-Shooter.«

»So ein Pfeiferl«, sagte Ivo, »das hätt mir, glaub ich, auch gefallen. Aber bei uns in Zagreb im Luna Park gab's das nicht. Da hat mein Vater manchmal an der Kasse gearbeitet, um sich nebenher was zu verdienen. Und ich durft Autoskooter fahren. Umsonst.« Die Erinnerung ließ ihn breit grinsen.

»Des is halt der Unterschied zwischen uns«, sagte

Franz. »Du hast dich mehr für Autos interessiert und ich mehr für … Kunst.«

Ivo warf noch einen Blick auf das Vogelpfeiferl. »Kunst … pfeifen«, sagte er.

Franz wollte etwas erwidern, aber Ivos Handy läutete. Er zog es aus der Tasche und klappte es auf.

»Batic«, meldete er sich. Er sah kurz zu Franz und wandte sich dann ab. »Du, das geht jetzt nicht …«, sagte er in gedämpfter Lautstärke. »Wir brauchen deine Aussage, dringend und offiziell … Ja, das glaub ich dir … Genau … Servus.«

Er klappte das Handy wieder zu und sah Franz auf eine Art an, die klarmachte, dass er sich jeden Kommentar verbat.

Franz trat dicht an ihn heran und schnüffelte leicht. »Hast du einen neuen Duft aufglegt?«, fragte er.

***

Renée Zoll sah August Eckl schon von Weitem. Er führte seinen Dackel an der Leine, als er um die Ecke des Hacker-Pschorr-Zeltes gebogen kam und gemächlich über die Wiesn auf die Treppe der Bavaria zuging.

Renée trat einen Schritt zurück in den Wandelgang der Ruhmeshalle, sie wollte für Eckl nicht sofort sichtbar sein. Drei chinesische Touristinnen hatten sich noch nicht von der einsetzenden Dämmerung vertreiben lassen und betrachteten mit mäßiger Begeisterung die Aberdutzende Marmorbüsten verdienter Bajuwaren vor den blutrot gestrichenen Wänden.

Sie tat es ihnen gleich, schon um nicht aufzufallen, aber auch, um ihre Nervosität in den Griff zu bekommen.

»Gottfried Heinrich Graf zu Pappenheim«, las sie, »Elias Holl« und »Franz Freiherr v. Mercy«. Sie hatte nicht die geringste Ahnung, womit sich diese Herren ihren Platz hier verdient haben mochten.

Die Chinesinnen hatten genug von Marmor und trippelten die nördliche der beiden Treppen hinunter. Nun war sie allein in der Wandelhalle.

Als sie zum Sockel der Bavaria hinuntersah, ging August Eckl gerade auf die südliche Treppe der Halle zu. Sie biss nervös auf die Lippen und versuchte ein charmantes Lächeln – nicht zu anbiedernd, nicht zu albern, nicht zu ernst. Sie war nicht sicher, ob sie das passende finden würde.

Endlich bog der Stadtrat um die Ecke der Halle. Er kam gradewegs auf sie zu, ohne seine berühmten Landsmänner eines Blickes zu würdigen. Sein Dackel lief mit stolz nach oben gerecktem Schwanz neben ihm her.

Eckl grüßte sie ernst. »Und?«, fragte er. »Was gibt's?«

»Danke, dass Sie hierhergekommen sind, Herr Eckl«, sagte Renée und lächelte ihn strahlend an. Das falsche Lächeln kostete sie Mühe.

»Ich hab eh gleich noch eine Besprechung da unten«, murmelte Eckl unwillig und machte eine Kopfbewegung Richtung Wiesn, die sich unter ihnen ausbreitete.

»Ich … ich hab Ihnen was mitgebracht. Ein kleines Geschenk.« Renée zog den Umschlag aus der Handtasche. »Von meinem Bruder und mir. Eine kleine Geste«, sagte sie, aber als sie Eckls Gesicht sah, wurde ihr klar, dass sie nicht nur das falsche Lächeln gewählt hatte.

Ohne ein weiteres Wort ging Eckl an ihr vorbei, weiter durch die Wandelhalle zur nördlichen Treppe.

»Sind mia da in Neapel, oder was?«, hörte sie ihn sagen, und sie wusste, dass er mit seinem Hund redete. Der Dackel bellte einmal, wie zur Antwort.

»Geh weida, oida Spinner«, sagte Eckl nur.

Renée Zoll drehte sich nicht nach ihm um. Sie stand allein in der Ruhmeshalle, und ihr einziger Trost war, dass niemand ihre Tränen sah.

***

Das Gewitter hatte sich in Richtung Alpen verzogen, bevor es sich austoben konnte, und schickte nur ein gelegentliches Wetterleuchten in die Stadt. Ivo legte betont beiläufig die linke Hand auf Evelyns Hüfte, während sie an den voll besetzten Tischen der Cafés vorbeischlenderten. Evelyn hatte merklich keine Einwände gegen seine Berührung. Sie suchte seine Nähe, drängte sich im Gehen an ihn. Er atmete glücklich den Duft des schweren Parfüms, das sie aufgelegt hatte. Seine Hand wanderte aufwärts, tastete sich über den Ärmel der leichten Sommerbluse auf ihre Schulter, berührte dort ihre Haut, die nur von Spaghettiträgern bedeckt wurde.

Es war an der Zeit, den offiziellen Anlass ihres Treffens zur Sprache zu bringen – und hinter sich.

»Evelyn, morgen früh kommst du bitte ins Präsidium und machst eine Aussage. Okay?«, sagte Ivo, um einen halbwegs dienstlichen Ton bemüht.

Sie unterbrach ihr beschwingtes Schlendern nicht für eine Sekunde.

»Ja, ich komm morgen früh«, sagte sie und strahlte ihn an. »Aber jetzt ist Feierabend!«

Er hätte ihr gern zugestimmt. Aber es gab noch etwas, das er sie fragen musste.

Zunächst einmal aber kam sie ihm zuvor.

»Sag amal, setzen wir uns irgendwohin?« Sie wies auf das Café auf der anderen Straßenseite. »Hast Lust?«

Ivo holte tief Luft. »Du bist die Tochter vom Hubert Serner«, stellte er fest.

Sie sah ihn an, ein wenig überrascht, aber nicht sehr. So, als hätte sie eigentlich erwartet, viel früher von ihm darauf angesprochen zu werden.

»Ja«, sagte sie leichthin. »Vom Hubert Serner. Und von der Johanna Buck. Und vom Niklas Buck.«

Sie sahen sich in die Augen, und ihr Blick machte klar, dass damit zu diesem Thema alles gesagt war, was sie jemals sagen würde.

»Und wenn wir jetzt net glei irgendwas trinken, dann verdurst i«, sagte sie lächelnd.

Er küsste sie zart auf den Mund.

»Das wär schlecht ...«, sagte er dann. »Ich hab noch eine Überraschung für dich.«

»Aha, was denn?«, fragte sie.

Er schüttelte sanft den Kopf. »Wenn ich dir das sage ...«

»... wär's kei Überraschung mehr«, ergänzte sie und lachte.

»Genau«, sagte er und zog sie in Richtung des Sankt-Anna-Platzes und des hinter dessen Bäumen verborgenen kleinen Hotels.

Er lächelte in sich hinein. Die Besprechung hatte er erfolgreich zum Abschluss gebracht. Und das mit Methoden, die er als ausreichend konventionell einstufte, auch wenn der Kollege Leitmayr, Franz, das vielleicht anders sehen würde.

Was immer jetzt auch folgen mochte, war privat und hatte mit den Ermittlungen nicht das Geringste zu tun.

Dafür stand er ein, mit klarem Kopf. Ivo war zufrieden mit dem Verlauf des Abends.

Das sich das bald entscheidend ändern würde, ahnte er nicht. Genauso wenig, wie er die Gestalt wahrnahm, die ihnen schon den halben Abend über durch die Altstadtgassen gefolgt war und die auch jetzt nicht von ihrer Spur wich.

***

Die Gestalt hatte sie nicht gesucht, war durch die Stadt gelaufen, ziellos wie die beiden auch, und doch in einer ganz anderen Stimmung. Vielleicht war sie auch auf der Suche nach einem Glück, einem anderen wohl als dem, das Ivo Batic und Evelyn Buck gefunden hatten, aber nach einem Glück suchte sie schon. Nur: Gefunden hatte sie dann die beiden und war ihnen gefolgt, hatte sie beneidet um das Glück, das sie hatten.

Die Stimmung der Gestalt war wirklich ganz anders. Ihr wäre es auch recht gewesen, wenn das Gewitter nicht abgezogen wäre, wenn es sich entladen hätte, mit aller Gewalt, zu der ein Gewitter am Ende des Sommers fähig ist, die Stadt überspült hätte, die Wiesn überspült, die unfertigen Zelte dort, das ganze Oktoberfest weggeschwemmt hätte mitsamt all den Verbrechern dort und im Rathaus.

Und es war auch diese Stimmung, die sie veranlasst hatte, die Waffe einzustecken, als sie hinaus in die Stadt gegangen war – die Stadt, die sie so liebte und von der sie sich nun so gehasst fühlte, dass sie sich ohne Waffe nicht mehr hineinwagte, auch wenn sie das niemandem je erzählen würde.

Aber die Festzelte standen fest und unerschüttert auf der Wiesn, das Gewitter war abgezogen, drohte nur noch ein bisschen mit treibenden schwarzen Wolken über dem spitzen Turm des Paulaner-Zeltes – gelangweilt beobachtet von einem Dackel adliger Herkunft, der ein Fahrrad bewachte, während dessen Besitzer gerade mit seinem Herrchen und der Sprecherin der Wiesnwirte um sehr viel Geld verhandelte.

Aber das wusste die Gestalt nicht, und wenn doch, hätte es sie nicht überrascht. Sie folgte dem Kommissar und der jungen blonden Frau, die langsam, aber sehr zielstrebig vorbeigingen an all den lockenden, gemütlichen Straßencafés, für die sie ebenfalls keinen Blick hatte, wiederum aus völlig anderen Gründen als das Paar, das nun um die Ecke der Kirche bog, unter den Bäumen dort herschlenderte, auf eine Glastür zu, über der das Schild »Hotel Lara« leuchtete.

Die Gestalt wartete im Schatten der Bäume, unbeachtet von den anderen Passanten, die dort den Spätsommerabend genossen, den ihnen das Gewitter so unerwartet überlassen hatte. Es war auch nichts Auffälliges an ihr, außer dass sie die Kapuze des Sportpullis über den Kopf gezogen hatte und das Gesicht im Schatten lag.

Die Glastür ließ den Blick frei auf die kleine Halle des Hotels, wo der Kommissar an der Rezeption einen Schlüssel ausgehändigt bekam und dann mit der Tochter der Wiesnwirtin die Treppe hinaufging. Die Gestalt musste nicht lange warten, bis in den Fenstern direkt über dem Eingang des Hotels die Schemen der beiden hinter der Gardine zu sehen waren.

Sie überquerte den kleinen Platz und betrat das Hotel. Zunächst war niemand zu sehen, doch dann drang ein Klappern aus der Tür gegenüber dem Rezeptionstresen. Ein Mann, der Portier wohl, schleppte einen großen Koffer heraus, er bemerkte die Gestalt nicht, die sich neben dem Eingang an die Wand presste, bis er ihr den Rücken zuwandte. Dann machte sie drei schnelle Schritte nach vorn und hieb, beide Fäuste zu einer geballt, mit aller Kraft gegen seinen Hinterkopf.

Das allein hätte den kräftigen Mann kaum wehrlos gemacht, aber der schwere Koffer ließ ihn das Gleichgewicht verlieren und zog ihn nach vorn, sodass seine Stirn auf die harte Kante des Tresens krachte.

Die Gestalt zerrte ihn in den kleinen Lagerraum zurück, aus dem der Mann gerade gekommen war. Sie sah sich um, hektisch jetzt, hoffte, dass niemand von draußen etwas beobachtet hatte, durch die Glastür, so wie sie eben den Kommissar und die junge Frau beobachtet hatte.

Mit leisen Schritten lief sie die Treppe hoch. Unter der Zimmertür am Ende des Ganges schimmerte Licht. Die Dielen knarrten leise unter den Schritten der Gestalt. Als sie die Tür erreichte, zog sie die Pistole aus dem Hosenbund. Für einen kurzen Moment hielt sie inne, zog noch einmal die Kapuze tief ins Gesicht. Dann entsicherte sie die Waffe und lud durch.

Der erste Schuss galt dem Schloss der Tür. Nach einem heftigen Tritt flog sie ganz auf. Sie trat in den Türrahmen und feuerte.

SAMSTAG

Es war eine lange Dunkelheit gewesen, und eigentlich hatte Ivo Batic sich gut in ihr eingerichtet. Er hatte sich wohl dort gefühlt, wohler zumindest als jetzt, wo sie langsam wich und durch ein vages Hellblau ersetzt wurde. Das Hellblau war aber nicht das Problem. Sehr viel unschöner war das Gefühl in seinem Rücken, das sein träge erwachendes Gehirn nur widerwillig, doch unwiderlegbar als heftigen Schmerz identifizierte. Dessen Nukleus lag irgendwo im linken Schulterblatt, aber das konnte Ivo nur ganz zu Anfang seines Aufwachens feststellen, denn danach begannen seine Nerven den Schmerz in seiner ganzen Ausdehnung zu erkunden, und die zog sich von der unteren Wirbelsäule bis weit in den linken Oberarm hinein.

Er versuchte, sich auf das Hellblau zu konzentrieren, und öffnete die Augen. Was er sah, half ihm zunächst nicht bei der Orientierung. Ein blauer, von zahllosen kleinen weißen Wolken bedeckter Himmel war über ihm an die Decke gemalt. Er konnte sich nicht erinnern, jemals in einem solchen Raum gewesen zu sein. Er versuchte, den Kopf zu bewegen. Nach rechts war es weniger schmerzhaft, was die Wahl leicht machte. Er drehte ihn also nach rechts und stieß bald mit der Nase gegen etwas Pelziges. Als er mühsam seinen Blick scharf gestellt hatte, identifizierte er den Besitzer des Pelzes als ziemlich großen Plüschbären, mit dem er das Bett teilte.

Mittlerweile war er wach genug, um zu dem Schluss zu kommen, in einem Kinderzimmer zu liegen, was die

Frage aufwarf, wie er dorthin gekommen war. Er versuchte, seine letzte Erinnerung zusammenzusetzen. Irgendwie hatte sie auch etwas mit einem Bett zu tun … Urplötzlich nahm sein Gehirn die Arbeit wieder auf, und schlagartig überfiel ihn die Erinnerung.

Scheiße, dachte er und versuchte sich aufzurichten.

Er lag tatsächlich in einem Kinderzimmer, aber offensichtlich befand es sich in einem Krankenhaus. An seinem Handgelenk war ein Schlauch befestigt, durch den aus einem Kunststoffbeutel eine klare Flüssigkeit in seine Adern tropfte.

Seine linke Schulter war bandagiert, der Schuss hatte ihn offensichtlich in den Rücken getroffen. Erleichtert stellte er fest, dass er alle Gliedmaßen halbwegs bewegen konnte, wenn auch etliche davon nur unter Schmerzen.

Er lebte, und das war erst mal das Wichtigste.

Das größte Problem, das er im Augenblick hatte, saß in einem Stuhl mitten im Raum und hieß Franz Leitmayr.

Franz lächelte sanft, aber auf diese Weise, von der Ivo genau wusste, dass sie keinesfalls lange vorhalten würde.

»Die hatten auf die Schnelle kein anderes Zimmer frei«, sagte er.

Ivo drehte die Augen zur blau-weißen Decke. »Wie im Himmel«, krächzte er und räusperte sich.

»Das ist der Bruno«, stellte Franz den Bären vor.

Ivo grinste schief. »Hallo, Bruno … ich bin der Ivo.«

Aus den Augenwinkeln sah er, wie Franz aufstand und zum Fenster ging. Die Hände in den Jackentaschen sah er hinaus und wandte ihm den Rücken zu.

Ivo war sich nicht sicher, was ihm lieber war: das vorwurfsvolle Schweigen oder der Anschiss, der so oder so kam. Er wusste genau, was sein Kollege jetzt dachte.

Dass der blöde Kroate im Leben nicht schlau würde. Dass kein Polizist auf der Welt so bescheuert sein durfte, es mit einer verdächtigen Zeugin zu treiben und sich dabei auch noch anschießen zu lassen. Dass es völlig zwecklos war, mit einem Sturschädel wie Kommissar Ivo Batic überhaupt über so etwas wie professionellen Ernst zu reden. Weil Herr Batic immer nur seinem Schwanz hinterherrannte.

Moment, dachte Ivo. Das geht zu weit!

Franz drehte sich langsam um. Seine Miene war hoffnungslos. Er machte drei Schritte auf das Bett zu, zog die Hände aus den Taschen und stützte sie auf den verchromten Rohrrahmen am Fußende. Er wusste genau, was sein Kollege jetzt dachte. Dass er nie im Leben seinem Schwanz hinterherrannte, sondern nur der wahren Liebe, die halt zufällig immer in Gestalt von jungen blonden, schlanken Schüssen daherkam. War ja nicht sein Fehler. Und dass Herr Franz Leitmayr als eierklemmender Deutscher sowieso nicht wusste, wovon man eigentlich redete, wenn es um Liebe und Frauen ging. Und dass am Ende genauso viele Fälle auf Batics Art gelöst wurden wie auf Leitmayrs.

Er sah Ivo in die Augen, der drehte den Blick zur Decke.

Natürlich hat er recht, dachte Ivo. Jemand muss uns verfolgt haben, und ich muss blind gewesen sein, das nicht zu bemerken. Und das Hotel … Aber was weiß der schon von Rainer Maria Rilke. Aber genau das wird er mir vorwerfen. Von all dem Mist wird er mir ausgerechnet das mit dem Hotel vorwerfen.

Er senkte den Blick wieder von den weißen Schäfchenwolken und sah dem Kollegen in die Augen.

»Tut's weh?«, fragte Franz.

»Schon«, antwortete Ivo und verzog in der Hoffnung auf den Mitleidsbonus das Gesicht heftiger als eigentlich nötig.

»Gut«, sagte Franz nur.

Ivo sah Bruno an. Die Knopfaugen des Bären strahlten mehr Mitgefühl aus als die seines Kollegen.

Franz hob langsam die Hand und wedelte sich damit vor dem Gesicht herum. »Im Hotel!«, sagte er mit einem vernichtenden Kopfschütteln.

Sigst, dachte Ivo. Wusst ich's doch.

Franz griff in die Tasche, zog ein Blatt Papier hervor, faltete es auseinander und reichte es Ivo.

»Wir haben ein Phantombild«, sagte er. »Zwei Passanten haben ihn gesehen. Erkennst ihn?«

Wenn Ivo jemals ein treffendes Phantombild gesehen hatte, dann war es dieses Porträt von Fridolin Zoll.

***

»Puh«, sagte einer der beiden Uniformierten, als sich die Tür öffnete, und Franz konnte es ihm nicht verdenken. Der Aufzug roch, als wäre er vor nicht allzu langer Zeit als Urinal benutzt worden. Franz trat trotzdem ein und drückte auf die 7. Das waren genug Treppen, um dafür ein bisschen Gestank zu ertragen.

Es war eine der typischen Frühsiebziger-Bausünden, bei denen Franz sich nie vorzustellen vermochte, was Menschen veranlassen konnte, darin zu leben. Der Flur des siebten Stocks war in düsterem Grün gestrichen, von dem halben Dutzend Deckenlampen funktionierten nur drei. Sie erreichten die Tür, ein winziger alter Dymo-Aufkleber mit dem Namen Zoll klebte über der Klingel.

Es dauerte eine Weile, bis auf ihr Läuten hin geöffnet wurde.

Fridolin Zoll sah fürchterlich aus. Um seinen dürren Köper schlackerte ein dunkelroter Pyjama, fadenscheinig und voller Flecken, deren Herkunft Franz gar nicht kennen wollte. Die Haare standen ihm wirr vom Kopf, und er dünstete den scharfen Geruch von Schnaps aus.

»Morgen, Herr Zoll«, sagte Franz. »Das ist aber schön, dass Sie nach Hause zurückgekommen sind.«

Zoll sah die drei Polizisten mit weit aufgerissenen Augen an. »Ich hab *nix* getan.«

Franz sah an ihm vorbei in die Wohnung. In der Tür zum Wohnzimmer stand Renée Zoll, eine gläserne Kaffeekanne in der Hand. In ihrem Blick las Franz eine Mischung aus Angst, Resignation und unendlicher Müdigkeit.

»Ziehn S' sich an«, sagte er zu ihrem Bruder.

Fridolin Zoll nickte und schlurfte in den Flur.

»Ich glaub, des dauert an Moment«, sagte Franz zu den beiden Polizisten und bedeutete ihnen, draußen zu warten. Er selbst folgte Zoll in die Wohnung. Die Tür ließ er offen.

Das Apartment war klein, zu klein für zwei Personen eigentlich, und zudem ärmlich eingerichtet. Die Raufaser in der quadratischen Diele war vor Langem dunkelbraun gestrichen worden. An etlichen Stellen war sie abgestoßen, in schäbigem Kontrast kam der weiße Putz zum Vorschein. Die kleine Kommode unter der Garderobe wirkte, als stünde sie seit dreißig Jahren dort. Umso unpassender wirkte der offene Briefumschlag voller Geldscheine, der darauf lag.

Franz betrat den Wohnraum. Auch hier waren die Wände braun gestrichen. Ein paar nostalgische Gemälde hingen dort, ein seltsamer, von Hirschgeweihen umrahmter Spiegel und anderer Kitsch. Die Stereoanlage stammte aus der Zeit, als braune Wände noch modern gewesen waren. Das große Fenster ging zur Theresienwiese und zur Paulskirche hinaus. Immerhin die Aussicht stimmte. Eine einsame Zimmerpflanze kümmerte auf dem Fensterbrett vor sich hin. In der Küchentür erschien Renée Zoll. Sie sah Franz nicht an.

»Sie haben gestern Nacht auf meinen Kollegen geschossen«, sagte Franz. »Warum?«

Fridolin Zoll reagierte nicht auf seine Frage. Auf einem kleinen Esstisch stand ein Kaffeebecher. Mit schleppenden Schritten ging er darauf zu. Er nahm den Becher, als agiere er in Zeitlupe. Genauso trank er und stellte ihn wieder ab.

»Unser Vater, Herr Kommissar, wissen Sie, auf wie vielen Schulen der war?«, fragte er, ohne Franz dabei anzusehen. Stattdessen stieg er aus seiner Pyjamahose; offenbar war ihm völlig egal, wer ihm dabei zusah. Franz war froh, dass der Mann wenigstens eine Unterhose trug.

»Hundertzwanzig!« Zoll griff nach seiner Hose, die, gemeinsam mit anderen gebrauchten Kleidungstücken, zusammengeknüllt auf einem der Stühle am Esstisch lag. Er hielt sie in den Händen, aber er zog sie nicht an. Mit nackten Beinen stand er da und redete, als ginge ihn die ganze Situation nichts an.

»Hundertzwanzig Schulen hat der besucht«, sagte er mit ungläubigem Blick, so als habe er das selbst gerade erst erfahren. »Weil ... seine Eltern waren immer höchstens bloß drei Tage an einem Fleck ...«

Endlich stieg er in seine Hose und schloss umständlich den Gürtel.

»Dann sind sie weitergezogen mit ihrem Karussell«, fuhr er fort und zog sich die Pyjamajacke aus.

Franz steckte die Hände in die Hosentaschen und suchte an den Wänden des Raumes nach einem Fleck, den er ansehen konnte, um nicht auf den halb nackten, dürren Körper Fridolin Zolls starren zu müssen, der wirkte, als sei sein Besitzer vor der Zeit gealtert.

»Das *Zoller* Karussell. Das war ein Markenzeichen. Früher«, sagte er und sah seine Schwester zustimmungheischend an.

Renée Zoll nickte. Immer noch sah sie niemanden an, aber ein Funken liebender Erinnerung mischte sich in die Traurigkeit ihres Blickes.

»In seinen Schulheften waren lauter Eintragungen von den einzelnen Schulen«, sagte sie sanft. »Dass man wusste, dass er überhaupt am Unterricht teilnahm, obwohl er ständig unterwegs sein musste ... Ein Schaustellerkind eben.«

»Leute, hängts die Wäsche weg ...« Fridolin nickte und lächelte in seliger Erinnerung. »Das ist heut noch so, stimmt's, Renée?«

Seine Schwester nickte ebenfalls, aber ihre Miene zeigte, dass sie die Erinnerung offenbar nicht so positiv empfand wie ihr Bruder.

Der stand immer noch mit nacktem Oberkörper im Raum.

»Nostalgie und Tradition«, sagte er stolz. »Das gibt Punkte.«

Franz Leitmayr wurde es zu bunt. Zoll würde diese Nummer noch stundenlang durchziehen, wenn man ihn ließe.

»Geben Sie mir Ihre Pistole, Herr Zoll«, sagte er, und

wieder reagierte Fridolin Zoll überhaupt nicht, gerade so, als habe niemand etwas gesagt.

»Das Volksfest in Altötting war eigentlich auch immer ganz schön für uns … vom Umsatz her.« Zoll sah seine Schwester zärtlich an. »Gell, Renée?«

***

»Warum hast du mir nicht gleich gesagt, dass du an dem Abend … Aahh …«

Evelyn war so vorsichtig wie nur möglich, trotzdem stöhnte Ivo herzzerreißend auf, als sie ihm die Strickjacke über den linken Arm zog.

»… dass du bei … mit Timo Neureuther zusammen warst?«, ächzte er.

»Wie kommst denn da drauf?«, fragte sie und streifte ihm die Jacke auch über den rechten Arm.

»Er hat's mir erzählt«, sagte Ivo.

Sie richtete ihm den Kragen und begann, die Knöpfe zu schließen.

»Weißt … Er wollt, dass ich versuch, meinen Vater umzustimmen, und ich hab mir halt gedacht, vielleicht kann ich das, und Timo und sein Vater kriegen doch noch a Lizenz. Ich kenn ihn halt schon so ewig, den Timo. Aber es hat nicht geklappt.«

»Bei eurem Treffen ist es also nur um die Lizenz für die Neureuthers gegangen?«, fragte Ivo.

»Ist das jetzt eine dienstliche Frage? Oder bist du …«, sie legte den Kopf schräg, und um ihre Augen erschienen feine Lachfältchen, »… etwa eifersüchtig?«

»Dienstlich«, sagte Ivo, und räusperte sich. »Rein dienstlich.«

In ihren Augen las er, dass sie ihm kein Wort glaubte. Vorsichtig schloss sie den letzten Knopf und strich noch einmal über Ivos T-Shirt, dann machte sie einen Schritt zurück und warf einen prüfenden Blick auf ihr Werk.

Sie schien mit dem Resultat ihrer Bemühungen zufrieden und trat wieder näher, um ihm die Binde für seinen Unterarm umzulegen.

Obwohl sie den Arm ganz vorsichtig in die Binde steckte, sog er zischend Luft ein. Sie lächelte ihn an, dann fiel ihr Blick auf Bruno, den Bären, der die Szene mit stoischen Knopfaugen beobachtete. Sie setzte sich aufs Bett und nahm das Plüschtier in den Arm.

»So einen wie dich hab ich auch amal ghabt«, sagte sie sanft. »Und eines Tages warst dann einfach verschwunden …«

Ivo setzte sich neben sie. »Vielleicht zurück in die Wälder«, sagte er. Sie lächelte ihn an, aber er blieb ernst. »Wann hast du deinen Vater das letzte Mal gesehen?«

»Am Nachmittag, bevor es passiert ist. Ich war wegen Timo bei ihm. Aber er ist stur geblieben. Das hab ich dem Timo dann am Abend gesagt.«

»Ist dir etwas aufgefallen? Irgendwas?«, fragte Ivo.

Evelyn wiegte den Bären im Arm. »Na«, sagte sie. »Aber i glaub, der Hubsi hat noch Besuch erwartet.«

»Wie kommst denn da drauf?«, fragte Ivo.

»Der hat immer so pseudounauffällig auf die Uhr geschaut, weißt?« Sie spitzte ein wenig den Mund. Es war ihre typische Art, wenn sie ein wenig spöttisch wurde, das hatte Ivo schon bemerkt, und er mochte diese Art sehr.

»Außerdem hat er so bissl … aufpoliert grochen«, setzte sie hinzu.

Ivo hob die Brauen. »Aufpoliert?«

»So bissl wie du bei unserm ersten Treffen«, sagte sie.

Er räusperte sich und wusste nicht recht, wo er hinschauen sollte. Dann entschied er sich für die großen grünen Augen direkt vor ihm.

Sie legte den Kopf ein wenig schräg. »Das war echt a wahnsinns erste Nacht mit dir, Ivo«, sagte sie, und dann küsste sie ihn auf den Mund.

Bruno sah sich die Sache an und sagte nichts dazu.

***

Es war ein sehr breites, sehr zufriedenes Grinsen, das sich auf Carlos Gesicht ausbreitete, als er den Hebel nach unten zog und unter zischenden Dampfschwaden schwarze Flüssigkeit aus dem engelsschwingenverzierten Messingkolben in die kleine braune Tasse quoll.

Franz, der gerade den Raum betrat, entfuhr ein ungläubiges »Aaah …«, als er Zeuge der Szene wurde.

»Mein erster eigener Espresso«, sagte Carlo. »Magst oan?«

»Ja, gern«, sagte Franz.

Carlo reichte ihm die Tasse, und Franz machte es sich auf Carlos Schreibtischkante bequem.

»Was ist mit dem Bericht?«, fragte er und nahm einen Schluck.

Er war sehr froh, dass Carlo auf seine Frage hin gerade mit gesenktem Kopf in seiner Schreibtischschublade wühlte, denn die zähe, bittere Flüssigkeit, die der Kollege als Espresso angeboten hatte, ließ ihm die Gesichtszüge entgleisen. Es gelang ihm knapp, sie wieder in Griff zu bekommen, bevor Carlo ihm die Akte hinlegte.

»Des sind die aktuellen Faxe aus dem Labor«, sagte

er. »Also es gab tatsächlich Fingerabdrücke vom Timo Neureuther in Serners Haus …« Er sah Franz misstrauisch an. »Schmeckt er net?«

»Doch, doch …«, beeilte sich Franz zu versichern, aber Carlos Stirn blieb gerunzelt.

»Aber die Kollegen haben bei den Neureuthers keine Pistole gfunden«, fuhr er fort.

Franz nahm die Akte und las halblaut murmelnd daraus vor. »Keine Schmauchspuren bei dem Niklas Buck … Seine Pistole wurde auch seit über einem Jahr nicht benutzt. Und die Waffe, mit der auf den Ivo geschossen wurde, ist dieselbe wie beim Serner … Na ja, gut, des war ja klar.«

Sie sahen beide überrascht auf, als sich die Tür öffnete und Ivo hereinkam.

»Morgen«, sagte er.

»Ich dacht, du bist krankgschrieben«, sagte Carlo verwundert.

Ivo wollte mit einer abfälligen Bewegung der Linken antworten und zuckte mit schmerzverzerrtem Gesicht zusammen.

Hinter ihm betrat nun Evelyn Buck das Büro. Franz nahm das mit einem innerlichen Achselzucken zur Kenntnis. Jetzt war's eh egal. Jetzt konnten sie auch unkonventionell weitermachen.

»Servus«, sagte er zu ihr.

Ivo wies auf das dampfende Etwas auf Carlos Schreibtisch. »Hast es gschafft mit deiner Maschin'?«, fragte er.

»Ja«, sagte Carlo stolz. »Heut Nacht hab ich s' zsammbaut, ohne Bedienungsanleitung! Mit dem Italienisch, des hätt eh nie funktioniert … Magst oan?«

»Gern«, antwortete Ivo und sah Franz verständnislos an, der plötzlich seltsame Zuckungen im Gesicht hatte und sich dabei mit dem Zeigefinger über die Kehle fuhr.

»Carlo, nimmst du bitte die Aussage von der Frau Buck auf über die Nacht, in der ihr Vater ermordet wurde?«, sagte Ivo.

»Ja, klar«, antwortete Carlo unkonzentriert, weil er mit der Befüllung der Maschine befasst war.

»Habt ihr den Zoll mittlerweile?«, fragte Ivo.

Franz nickte.

»Und wo is er?«

Franz zeigte auf die Wand, hinter der sich das Vernehmungszimmer befand. Ivo wies mit dem Kopf in Richtung Tür, und die beiden Kommissare gingen hinaus.

»Darf ich Ihnen auch einen Espresso anbieten?«, fragte Carlo.

Auch Evelyn Buck hatte ein bisschen gebraucht, um aus Franz' Gesichtszuckungen schlau zu werden, aber am Ende war sie ziemlich sicher, ihn richtig verstanden zu haben.

»Nein danke«, sagte sie mit einem höflichen Lächeln.

***

Fridolin Zoll schwieg. Ivo suchte nach einer Sitzposition, in der der Schmerz erträglich war. Er probierte eine Art rechtslastiges Hängen, was aber so albern aussah, dass sogar Zoll ihn seltsam anschaute. Ivo hätte ihn am liebsten angebrüllt, aber es gelang ihm, sich zu beherrschen. Es hätte ihm nicht geschadet, noch ein paar Tage das Bett mit Bruno zu teilen, das wurde ihm langsam immer klarer. Am Ende blieb ihm nichts, als gerade zu sitzen und die Zähne zusammenzubeißen.

Zoll trug ein fliederfarbenes Nadelstreifensakko mit altmodisch breitem Revers und ein Hemd mit schmalem Stehkragen in Altrosa. Er sah aus wie ein Schausteller, der seine feinen Sachen angezogen hat – dass das Hemd ungebügelt war, verbesserte den Gesamteindruck nicht.

Er war sich wohl mal mit der Bürste durch die widerspenstigen Haare gefahren, eine Frisur war dabei aber nicht herausgekommen. Die scharfe Ausdünstung nach Schnaps wurde ergänzt von dem Geruch nach altem Schweiß und billigem Rasierwasser.

Fridolin Zoll saß unruhig auf seinem Stuhl, sein Blick war unstet.

Ivo sah ihn an. Dieser Mann hatte auf ihn geschossen, hätte ihn fast getötet, aber trotz der Schmerzen konnte er ihn nicht hassen. Viel eher verspürte er Mitleid mit diesem gescheiterten kleinen Mann, der nicht einmal den bescheidenen Traum von seinem Karussell hatte verwirklichen können.

Nach Lage der Dinge würde er auf unabsehbare Zeit viel Gelegenheit zum Träumen haben. Zumindest würde seine Wirklichkeit sehr eingeschränkt sein.

»Warum?«, fragte Franz.

Zoll senkte den Blick, die Hände hielt er auf dem Schoß gefaltet. Batic und Leitmayr hatten genug Erfahrung mit Vernehmungen, um zu wissen, dass es bald so weit war und Zoll sein Schweigen nicht mehr würde durchhalten können.

Sie warteten geduldig. Durch das Fenster zum Nebenraum sah Ivo einer Putzfrau zu, die dort die Reste einer Konferenz beseitigte und gleich darauf kleine Mineralwasserflaschen für die nächste Besprechung auf den Tischen verteilte.

»Warum, Herr Zoll?«, wiederholte Franz seine Frage.

»Ich hab *nix* getan«, murmelte Zoll mit gesenktem Kopf.

Ivo schloss genervt die Augen. Franz schob Zoll das Phantombild zu.

»Kennen Sie den?«, fragte er ironisch. »Der kam aus dem Hotel gelaufen, gestern Abend. Unmittelbar nach den Schüssen.«

Zoll sah das Blatt an. Sein Atem ging schwer.

»Wir können hier sitzen bleiben, solange Sie wollen, Herr Zoll«, sagte Ivo. »Sie brauchen auch gar nichts zu sagen. Wenn die Spurensicherung fertig ist, sind Sie sowieso überführt.«

»Aber einen guten Eindruck auf den Richter wird das nicht machen«, sagte Franz. »Besser, Sie reden mit uns.«

Zoll nestelte an dem schmalen Stehkragen seines Hemdes herum und zog die Nase hoch.

»Warum haben Sie auf mich geschossen?«, fragte Ivo geduldig.

Zoll schüttelte den Kopf, aber er schwieg beharrlich weiter.

»Oder wollten Sie gar nicht auf *mich* schießen? Wollten Sie Frau Buck treffen?«

»Ich hab Sie zufällig auf der Straße gesehen«, sagte Zoll endlich, ohne einen von ihnen anzusehen.

Die beiden Kommissare nickten sich befriedigt zu. Es war so weit.

»Das ist keine Antwort auf unsere Frage, Herr Zoll«, sagte Franz.

»Ich war …« Jetzt sah er sie an, voller Selbstmitleid. »Ich war aus. Mich besaufen wollt ich«, sagte er. »Sonst nichts.«

»Das haben Sie dann ja wohl auch getan«, sagte Ivo.

»Ja … später. Da hab ich mich besoffen«, murmelte Zoll und senkte den Blick wieder.

»Also: Sie haben mich zufällig auf der Straße gesehen. Und dann?«, fragte Ivo.

»Ich bin Ihnen nachgegangen. Und Ihrer Freundin …«, er begann zu stammeln, »… ich wollt … es war so dunkel in dem Hotel und … und ich wollt …« Er sprach nicht weiter und sah aus, als würde er jeden Moment in Tränen ausbrechen.

»*Was* wollten Sie, Herr Zoll?«, fragte Ivo ruhig.

»Gar nix wollt ich!«, brach es aus Zoll heraus, fast wäre er dabei aufgesprungen. Aber schnell sank er wieder in sich zusammen.

»Doch«, sagte er, viel leiser jetzt. »Ich wollt der Tochter von der arroganten Wirtin einen Schreck einjagen. Ich wollt in die Wand schießen. Ich …« Er sah Ivo flehend an und streckte Mitleid heischend die Hand aus. »Ich wollt die doch nicht *umbringen*! Oder *Sie*«, sagte er weinerlich. »Ich wollt nur … in die Wand.«

»Hat ja doll geklappt«, brummte Ivo und verzog den Mund.

»Die Wirte!« Zoll war endlich bei seinem Lieblingsthema. Nun würde er reden. »Die Wirte nehmen den Schaustellern den letzten Platz weg mit ihren ständigen Erweiterungen und dann auch noch den Biergärten! Und die werden alle genehmigt! Immer!«

»Und deswegen schießen Sie auf mich und Evelyn Buck?« Ivo stieß ein ärgerliches Lachen aus.

»Ich wollt Sie ja nicht treffen! Ich wollt ihr nur … nur einen Schreck eben!«

»Aber den Stadtrat Serner, *den* wollten Sie treffen?«, fragte Franz.

»Ja!«

Fridolin Zoll erschrak sichtlich über das Wort, das ihm da entfahren war.

»Nein …«, korrigierte er mit einer abwehrenden Geste. »*Ja*, ich hab auf ihn geschossen, geb ich zu …« Er verstummte und zog mehrfach die Nase hoch.

Ivo dachte an die Papiertaschentücher in seiner Jackentasche, aber er ließ sie dort.

»Sie waren an Serners Haus, am Mittwochabend. Sie haben geläutet. Und dann?«, fragte Franz.

»Der mit seinem Punktesystem und seinen willkürlichen Bewertungen!« Zoll sah sie empört an. »Auf *hundertzwanzig* Schulen ist mein Vater gewesen …«

»Ach!« Ivo winkte ab, diesmal mit dem richtigen, dem unverletzten Arm. »Die Leier kennen wir jetzt, Herr Zoll.«

»Der Serner … und die Buck … und dieser andere, der Neue, dieser Eckl, der ist doch keinen Deut besser!«

»Wollten Sie mit Serner reden? Oder hatten Sie von Anfang an vor, auf ihn zu schießen?«, fragte Franz.

»Das *Zoller Karussell*!«, bekam er zur Antwort. »Das war ein *Markenzeichen*!«

»Früher«, ergänzte Ivo, aber Zoll nahm das gar nicht wahr.

»Nostalgie und Tradition«, sagte er. »Nostalgie und Tradition. *Das* gibt Punkte.«

»Beim Ausschuss ja wohl nicht«, sagte Franz.

»Das sind willkürliche Bewertungen!«, kreischte Zoll.

»Serner hat Ihnen also die Tür aufgemacht«, sagte Ivo ruhig. »Was ist dann passiert?«

»Der hat mich nur angeschaut und gelacht!« Zoll starrte mit weit aufgerissenen Augen auf den Tisch. »Der hat mich gar nicht … gar nicht ernst genommen, und da hab ich … Der wollt doch nur …« Er sprach nicht weiter.

»*Was* wollt der nur?«, fragte Franz.

»Der wollt bloß so schnell, wie's geht, zurück ins Bett zu der Frau!«

Batic und Leitmayr sahen sich überrascht an. »Was für eine Frau?«

»Der hatte seinen Hosenstall auf!«, empörte sich Zoll.

»Was für eine Frau, Herr Zoll?«, insistierte Ivo.

»Keine Ahnung! Die war im Gartenhaus eingesperrt, wie ich gekommen bin … Ich hab abgedrückt … Ich hab so einen Hass gehabt … So einen Hass. Da hat die Frau in dem Gartenhaus geschrien und an die Tür gebumpert und irgendwas gerufen …«

»*Was* hat die Frau gerufen?«, fragte Franz.

»Hab ich nicht verstanden«, sagte Zoll. »Das war nicht Deutsch, das war Polnisch oder Tschechisch …«

»Rumänisch?«, fragte Franz.

Zoll zuckte hilflos die Schultern. »Irgendwas von da drüben«, sagte er.

***

Diana Aljescu packte den großen Karton voller Bücher und stellte ihn in einer flüssigen Bewegung auf den Schreibtisch, um den herum sie gerade den Teppichboden saugte.

»Dass Sie so stark sind, sieht man Ihnen gar nicht an, Frau Aljescu«, sagte Franz.

Sie erstarrte, als sie die Stimme in ihrem Rücken hörte. Lange Sekunden wandte sie ihnen den Rücken zu, als schaue sie nur aus dem Fenster und genieße die Aussicht aus dem zwölften Stock über die zahllosen Gleise, auf denen die Züge zum Hauptbahnhof rollten, oder auf das ein paar Kilometer entfernt in der Sonne gleißende Dach des Olympiastadions.

»Sie haben Herrn Serner in den Teich geworfen, Frau Aljescu«, sagte Ivo.

Immer noch wandte sie sich nicht um.

»Nein«, sagte sie nur.

»Sie waren da, am Mittwoch, als auf Serner geschossen wurde«, sagte Franz.

Nun drehte sie sich um.

»Ich oft da«, sagte sie. »Putzfrau eben.«

»Am späten Abend?«, fragte Ivo.

»Wer sagt, ich Mittwoch da? Viele Frauen bei Hubsi. Oft am Abend«, sagte sie.

»Auch viele, die Rumänisch sprechen?«, fragte Ivo.

Sie wich seinem Blick aus.

»Sie waren im Gartenhaus, als der Schuss fiel«, sagte Franz.

»Putzen«, sagte sie nur. »Immer nur putzen.«

»*Nur* putzen?«

Sie schob trotzig das Kinn nach vorn. Ivo bemerkte, dass ihre Augenlider flatterten.

»Hat er Sie bezahlt für … Extradienste?«, fragte er.

Sie stieß ein höhnisches Zischen aus.

»Hat nicht mal gut bezahlt für Putzen«, sagte sie bitter. »So geizig, diese Mann.«

»Andere sagen, er sei großzügig gewesen«, widersprach Franz.

»Ja! Andere!« Wut funkelte in ihren Augen. »Immer andere! *Viele* andere! Hat Schmuck geschenkt denen. Ist verreist mit Schiff. Aber ich? Nur Putzfrau, braucht er nicht gut bezahlen, denkt er. Ich bitte ihn: ›Fünf Euro mehr‹, sagt er: ›Nein.‹ So geizig!«

»Und Sie haben wirklich nur geputzt?«

Sie sah Ivo an, voller Trotz und Zorn.

»Immer ruft er an und sagt: ›Komm. Komm.‹ Ich sag: ›Morgen früh‹, er sagt: ›Nein, jetzt.‹« Sie schüttelte den Kopf, als verstehe sie es selbst nicht. Ihr Blick wurde teilnahmslos, fast stumpf.

»Was ist passiert, dort im Gartenhaus?«, fragte Franz.

»Wir streiten«, sagte sie tonlos. »Es klingelt an der Tür, und er sperrt mich ein wie ein Hund.«

»Über was haben Sie gestritten?«, fragte Ivo. »Geld?«

Sie wandte sich ab und sah aus dem Fenster auf die Stadt hinunter.

»Ich sage: ›Gib mir fünf Euro mehr‹. Er sagt: ›Nein‹. Gibt goldene Armband zu dieser hässliche Frau, aber nicht fünf Euro mehr. Nicht für mich. Nicht für Putzfrau. Nicht für Diana.«

»Serner hat Sie also im Gartenhaus eingesperrt. Wie ging es weiter?«, fragte Franz.

Immer noch sah sie zum Fenster hinaus und wandte ihnen den Rücken zu. Ihre Stimme war unbewegt, als sie weitersprach.

»Er geht in Haus, macht die Tür auf, ich höre ein Schuss. Weiß nicht, was passiert.«

»Und dann? Kam Serner zurück?«

»Hubsi kommt zurück. Er kriecht auf Boden, ist verletzt. Er sagt: ›Hilf mir.‹ Ich sag: ›Wenn du mir mehr Geld gibst.‹ Da lacht er. Küsst meine Beine.«

»Er hat Ihre Beine geküsst?«

In Ivos Gesicht stand eine Mischung aus Unglauben und Widerwillen.

»Ja«, sagte Frau Aljescu. »Blutet, aber küsst meine Beine. Und lacht mich aus.«

Nun drehte sie sich um und sah sie an. »So geizig, dieser Mann, und nur zu mir so geizig. Ich bitte ihn fünf Euro, sagt er nein! Und immer ruft er an und sagt: ›Komm, komm!‹« Sie verstummte.

»Und? Sind Sie gekommen?«, fragte Ivo.

Sie sah zu Boden und nickte. »Ja«, sagte sie leise. »Ich dumm und komm. Und dann er lag da. Vor dem Gartenhaus. Am Teich. Hat geblutet …«

»Und da haben Sie ihn ins Wasser geworfen«, sagte Ivo.

»Geschubst«, sagte sie nur. Neben ihr auf dem Boden stand ein eckiger roter Eimer voll Putzwasser, über seinem Rand hing ein Lappen. Sie hob den Fuß und stieß das Tuch hinein. Langsam sank es unter den Schaum. »Einfach geschubst … Und dann ich bin in Gartenhaus und sauber gemacht. Flaschen aufgeräumt und Kissen gelegt wie immer. Meine Sachen und weg.«

Sie stand da und verschränkte die Arme, es sah aus, als friere sie.

»Hat er sich denn gar nicht gewehrt, als Sie ihn … *geschubst* haben?«, fragte Ivo.

Nun sah sie ihn direkt an. »Er schwach, ich stark«, sagte sie. Es klang beinahe stolz.

»Muss man denn stark sein, um einen angeschossenen Nichtschwimmer zu ertränken?«, fragte Franz.

Diana Aljescu zuckte die Achseln. »Hat so große Teich, aber kann nicht schwimmen«, sagte sie kalt. »So Deutschland.«

***

Der Himmel strahlte weiß-blau über dem satten Grün der Kastanien im Bucksbräu-Biergarten, und wenn nicht eine Horde kleiner Kinder unter wildem Geschrei an dem Brunnen vor dem Eingang geplanscht hätte, wäre es nicht nur idyllisch, sondern auch wunderbar ruhig gewesen.

Batic und Leitmayr setzten sich an einen kleinen Tisch im Schatten.

»Nicht zwei, sondern drei Täter. Erst schlägt Timo Neureuther zu ...«, begann Ivo aufzuzählen.

»Weil er sich mit der Traditionsgaststätte seiner Eltern nicht länger hinten anstellen will in der Reihe der Bewerber. Dann taucht Fridolin Zoll auf«, fuhr Franz fort.

»Ja, und *er* will seine Familientradition mit der Waffe verteidigen. Und schließlich nützt die Putzfrau Aljescu die Situation aus ...«

»Und wirft ihren Arbeitgeber wie einen Putzlumpen ins Wasser. Wegen fünf Euro.«

Franz verzog das Gesicht und blickte mit einigem Unwillen auf den leeren Tisch vor sich – eine Maß fehlte zur Idylle unbedingt.

Sie mussten nicht lange warten. Evelyn Buck trug zwei gut eingeschenkte Krüge heran.

»Grüß Gott«, sagte sie und stellte die Krüge vor ihnen ab. Ihr Lächeln für Ivo fiel erwartbar ein ordentliches Stück strahlender aus als das für Franz, obschon der keinen Grund zur Klage gesehen hatte.

»Zum Wohl«, sagte sie.

»Danke«, antworteten beide artig.

Evelyn legte Ivo leicht die Hand an die Wange und zwinkerte ihm zu, dann verschwand sie wieder in Richtung Schwemme.

Ivo sah ihr nach.

»Die können alle zufrieden sein«, sagte Franz und griff nach seinem Krug. »Der Ruf der Wiesn is gerettet, die Milliarde ist gesichert.«

Evelyn war im Gasthaus verschwunden, und Ivo wandte sich wieder Franz und seinem Bier zu.

»Hm?«, fragte er.

Offenkundig war dessen letzter Satz komplett an ihm vorbeigegangen.

Franz winkte ab.

»Nix.«

Er rammte seinen Krug gegen Ivos, aber bevor er dazu kam, ihn zum Mund zu führen, wies Ivo mit dem Kinn zum Eingang, wo Lupus von der Krummen Weide den Stadtrat Eckl in den Biergarten hineinzog.

»Ich glaub, da kommt das neue Epizentrum der Macht«, sagte Ivo.

Von jedem zweiten Tisch wurde Eckl gegrüßt, und jedes Mal grüßte er jovial zurück. Der Dackel zog ihn direkt auf den Tisch der beiden Kommissare zu.

»Ja, der Herr Eckl ...«, sagte Franz, als er vor ihnen stand.

Eckl grinste aufgeräumt, während er ihm die Hand schüttelte.

»Lob, Herr Leitmayr ...«, sagte er.

Franz deutete auf Ivo. »Das ist der Herr Batic …«, sagte er.

»Ja, der Herr Batic!« Auch Ivo erhielt einen herzlichen Händedruck. »Wann war der Mord?«, fragte Eckl. »Am Mittwoch? Und heut ham mer Samstag. Das nenn ich effizient.«

Er nickte wohlwollend. Das Epizentrum der Macht sah offenbar keinen Anlass mehr, sich über sie zu beklagen.

»Übrigens«, sagte Eckl, »wir haben jetzt dem Zoller Karussell doch noch a Lizenz erteilt.«

»Ah geh …« Franz sah ihn ungläubig an.

Eckl sah sehr zufrieden aus.

»Glei neben dem Zelt unserer Lieblingswirtin, die braucht ja keinen Extra-Biergarten auf der Wiesn.« Er deutete ins Rund. »Sie hat ja *da* schon einen schönen Garten …«

»Aber der Herr Zoll wird wegen versuchten Mordes vor Gericht kommen«, wandte Ivo ein.

Eckl schien befremdet.

»Bittschön, Herr Batic«, sagte er. »Der Betrieb laaft auf seine Schwester, mir ham doch in München koa Sippenhaft. Also nachat, nix für unguat, gell.«

Zufrieden lächelnd ließ er sich von seinem Dackel weiterziehen.

Aber falls er vorgehabt haben sollte, in Ruhe ein Bier zu trinken, so war diese Absicht zum Scheitern verurteilt. Eckl hatte noch keine zehn Meter zurückgelegt, als Johanna Buck in der Tür des Gasthofs erschien. Kaum hatte sie den Vorsitzenden des Wiesnausschusses entdeckt, schoss sie furiengleich auf ihn zu.

»Ich muss dir …«, verstanden die beiden Kommissare.

»Geh amal her! Sag amal, spinnts ihr eigentlich alle miteinand?«

Ivo und Franz sahen sich an. Sie waren keinesfalls an weiteren Details interessiert.

»Da hilft nur noch schweigen«, sagte Ivo.

»Da hilft nur noch *trinken*«, widersprach Franz. »Zapf mer o?«

Das Erste

rbb
RUNDFUNK BERLIN-BRANDENBURG

Oliver G. Wachlin
BLINDER GLAUBE
Nach dem Tatort-Krimi von
Andreas Pflüger
Begleitbuch zur gleichnamigen
ARD-Serie »Tatort«
Agentur: WDR mediagroup
licensing GmbH
Broschur, 160 Seiten
ISBN 978-3-89705-660-2

Heilung um jeden Preis

Ein brandneuer medizinischer Chip soll Blinde wieder sehen lassen. Doch kurz vor der bahnbrechenden Operation wird die Chefärztin der Berliner Uni-Augenklinik ermordet. Ritter und Stark geraten in einen Sumpf privater und beruflicher Verwicklungen in der Klinik, der sie für die verblüffende Lösung am Ende fast blind macht.

Das Erste

Oliver G. Wachlin
TODESSTRAFE
Nach dem Tatort-Krimi von
Mario Giordano und
Andreas Schlüter
Begleitbuch zur gleichnamigen
ARD-Serie »Tatort«
Agentur: WDR mediagroup
licensing GmbH
Broschur, 176 Seiten
ISBN 978-3-89705-665-7

Hysterie und Selbstjustiz in Leipzig

Zeit für Privates bleibt Eva Saalfeld und ihrem Exmann Andreas Keppler bei ihrem Wiedersehen in Leipzig nicht. Es gilt, den Mord an einem angeblichen Kinderschänder aufzuklären. Saalfeld und Keppler suchen die Antwort auf die Frage nach moralischer Schuld – und müssen erkennen, dass alles anders ist, als es scheint.

Das Erste

radiobremen

Christoph Ernst
STRAHLENDE ZUKUNFT
Nach dem Tatort-Krimi von
Christian Jeltsch
Begleitbuch zur gleichnamigen
ARD-Serie »Tatort«
Agentur: WDR mediagroup
licensing GmbH
Broschur, 160 Seiten
ISBN 978-3-89705-666-4

Tödliche Strahlen in Bremen

Sandra Vegener tötet einen Richter und anschließend sich selbst. Zuvor war sie vehement gegen ein Mobilfunkunternehmen vorgegangen, das sie für den Leukämie-Tod ihrer Tochter verantwortlich macht. Inga Lürsen und Stedefreund stoßen schließlich auf die Wahrheit hinter dem äußeren Schein.

Das Erste
tatort
Saarbrücken
Aus der Traum ...
Mit Franz Kappl und Stefan Deininger
emons:
ARD Degeto
SR

Das Erste

WDR

Martin Schüller
DIE BLUME DES BÖSEN
Nach dem Tatort-Krimi von
Thomas Stiller
Begleitbuch zur gleichnamigen
ARD-Serie »Tatort«
Agentur: WDR mediagroup
licensing GmbH
Broschur, 160 Seiten
ISBN 978-3-89705-658-9

Jagd auf Ballauf

Kommissar Max Ballauf wird übel mitgespielt: Ein anonymer Anrufer terrorisiert ihn, und eine junge Frau, mit der er vor Jahren einen One-Night-Stand hatte, wird tot aufgefunden. Und aus einer alten Rechnung wird ein tödliches Spiel …